乡愁的滋味

胡川安 郭婷 郭忠豪 著

创于1897 商务印书馆 The Commercial Press

本書中文簡體字版由聯經出版事業公司授權出版，
原著作名《食光記憶》

目录

推荐序

父亲的“西餐”

韩良忆

看了《乡愁的滋味》，让我想起了父亲与他的“西餐”。

常听人说，在异国求学、就业期间，午夜梦回，想家的时候，最渴望却不可得的，往往是故乡路边摊的一盘蚵仔煎、一碗肉圆或妈妈的炒米粉。我旅居荷兰的那些年，也不乏凡此种种将乡愁寄于舌尖的时刻，然而让我馋到快掉泪了的，不光是所谓的台湾味，偶尔还有从小吃到大的西餐，对我而言，那也是家乡的味道。

比起同一辈台湾人，我算是比较早接触到西洋食物，原因无他，因为先父爱吃西餐。开始跟着爸爸上西餐厅时，我才五六岁吧，说不定更小。我们最常去中山北路二段的“大华饭店”，偶尔上嘉新大楼顶楼的“蓝天西餐厅”或南京东路的羽球馆餐厅，后来大华歇业了，我们就转去小南门的“中心餐厅”。

多半由爸爸点菜，前菜不是烩牛舌，就是熏鲳鱼，汤常常是牛尾汤或乡下浓汤（番茄蔬菜汤）。主菜呢，最常吃芝士焗鱼或焗虾，一小盅端上桌，表面是焗烤到焦脆的芝士，也就是奶酪。揭开来，热气氤氲而上，底下是奶油白酱，里头埋着无刺的鱼肉或明虾。还有炸猪排，敷了面包屑炸成金黄，铺在瓷盘上，偌大的一片。吃猪排时一定要蘸“梅林辣酱油”，爸爸还会吩咐跑堂，多来点酸甜的“酸黄瓜”。

及长才知道，我从小到大吃得津津有味的所谓西餐，包括爸爸隔三差五便亲自下厨熬煮的“罗宋汤”在内，都是源自上海的海派西餐，亦称沪式西餐。我所熟悉的那些菜色，全是掺杂了中国味的法国菜、德国菜、意大利菜、英国菜和俄国菜，从来就不是地道的西餐。

根据旧式的身份证，父亲籍贯是江苏东台，但他其实是在与上海崇明岛隔江相对的南通长大，成年后在上海住过一阵子。对于像爸爸这样从小养尊处优又生性好奇的小城富家子弟而言，上海这十里洋场是世上最摩登的所在，也是他与西洋接轨的开始，而好吃也讲究吃的父亲，与沪上的洋事物最直接也最切身的接触，想来就是海派西餐了。

海派西餐肯定特别合他的胃口，不然，他怎么会在来到台湾、结婚生子后，还不时带着他的本省籍妻子和台湾出生的子女，吃遍台北有名的沪式西餐馆？好几年前，我不知在网上还是书中看到一篇文章，说是 1960 年代末期，台北大华饭店一客 A 餐（一汤两菜外加甜点和饮料）的价钱是普通小学教员将近半个月的薪水。倘若此事不假，虽说孩子胃口小，可以点半客，价钱便宜一点，但是咱一家大小周末去吃顿西餐，终究得花掉当时小学老师一个半月以上的劳务所得！爸爸为了吃西餐，竟如此挥霍。

近二十多年来，越来越多标榜着正宗法国菜、德国菜、意大利菜的餐厅，出现于台北街头，时代和社会气氛的变迁，加上父亲这一辈的“江浙人”慢慢老去，不中不西的沪式西餐无可避免地凋零了，最终仅存 1970 年代中期迁居信义路二段的“中心”强撑场面，在进入 21 世纪后又熬了五六年，才熄火歇业。

父亲在世最后几年，我回台湾探父，三番两次问他想不想去吃西餐，好比意大利菜或法国菜，他总是不置可否，意兴阑珊。有一回跟他聊天，讲到儿时的大华饭店，他那天谈兴甚高，顺着我的话头，一一说起当年台北有名的西餐馆，结论是：“大华算是最好的，不输老上海的西菜馆。”这话一说完，老人家又沉默了，脸上浮现惆然的神情。

就在那一刻，我仿佛明白了，父亲爱吃的根本并不是“西洋菜”。对他而言，带着中国味的沪式西餐，并不只是口腹之欲，那当中尚蕴藏着对往昔时光和故乡的脉脉温情，换句话说，那其实是父亲的乡愁滋味，而这样亦华亦洋的“西餐”，眼下也已成为我将永远怀念的父系味道。

序　唇齿间的乡愁

城市，是乡愁的起点与终点。

东京、纽约和上海都是人群辐辏之地，四面八方的人们聚集于此，除了城市本身的性格外，移民也增添了多元的文化。负笈他乡，在异地求学、生活、工作，各式各样的原因让人群远走他乡，到异地生活。由移民从家乡所带来的口味在城市中混合、杂糅，消解了移民的乡愁，也增加了城市的特色。

本书聚焦于移民、离散、流亡、异乡人和食物的关系，在聚散离合益发频繁的当代，用食物串起世代间关于移动、乡愁和品味的记忆，以食物讲述时光流转的故事。这是一场透过食物的时空旅行，从亚洲到美洲，从成都到东京，从伊斯坦布尔到上海，从台北到纽约……每一道菜温暖了脾胃之外，也承载着家族、家乡和文化的背景。

东京

日本的饮食文化通过台湾移民的努力在纽约开枝散叶，

东京作为日本的首都，饮食文化也不是那么的“日式”，而是日本人与不同移民交流的结果。美国舰队司令培里于1853年要求日本开港，结束了日本的锁国，外国人进入日本。随着明治维新日本的壮大，对外发动战争。以往的历史都强调政治的变迁与技术的革新，但是通过食物也可以理解日本的现代历程、认识不同文化间的交流，书中的红豆面包、咖喱饭、烧肉和麻婆豆腐分别代表了日本人与西洋、印度、韩国和中国交流的缩影。这四种食物现在都在日本生根，成为国民美食，但每一种食物都展现一个时代的片段，串联起日本的近代史与大时代的悲欢离合。

红豆面包见证了日本人在明治维新时期对于西洋面包的吸收与转化；印度咖喱和日式咖喱则是一段爱情与反殖民战争的故事；烧肉说明了韩国人在殖民期间带给日本的遗产；而麻婆豆腐的故事则表现了台湾与大陆间的爱恨情仇，但发生的场所却在东京。每一则故事都有着无数的生命流转于其中，不同的移民汇聚于东京，东京的饮食改变移民，移民的饮食也改变了东京。

上海

乡愁是种记忆，有点模糊，但带着浪漫，朦胧间将大时代的悲剧美化了。1930 年代的上海似乎总是带点洋味，带点殖民风情，有时看是中又是西，但又不是中也不是西，文化总是介于中间，模糊、不清楚，混杂着多种文化特质的元素。对于郭婷而言，上海不只是怀旧的浪漫，也是家族的生命记录，缱绻地回忆那兴盛与破败的共荣共生。

或许对于魔都上海的书写已经过多了，从小说、电影到学术研究不胜枚举，但缺乏食物给人的温暖和感情，缺乏凯司令咖啡馆中栗子蛋糕的甜蜜，没有国际饭店蝴蝶酥中所烘焙的记忆和文化，没有红房子西餐厅中火焰冰激凌的冰火交融，当然也少了一点罗宋汤当中俄罗斯人流亡的故事。饮食、餐厅和乡愁的记忆，在餐桌上共同谱写上海那段畸形、中西杂糅且绚丽的繁华。

纽约

留学生至异地求学，夜深人静时除了陪伴自己的书本，还有浓浓的乡愁。乡愁的滋味通常只能通过食物来排解，一杯珍珠奶茶、一顿同乡间的宴席、一碗卤肉饭，总是让台湾学子们稍稍忘怀思乡之情。毕业于纽约大学历史系的郭忠豪，长期关注纽约华人与台湾移民的饮食文化，除了以吃一解乡愁，也了解台湾人在异乡打拼的历史。台湾人在纽约所开的菜馆，反映了台湾的历史现实，包含着日本文化的浸染、中国人的迁徙，具体而微地展现这个岛的身世。

或许是台湾受到日本殖民的影响，很早就习惯日式的饮食文化，所以纽约第一家回转寿司“元禄寿司”就是由台湾留学生创业发扬光大的，帮纽约的餐馆地图注入日本味道。有趣的是，甚早在纽约出现的川扬菜馆也是台湾人创立的，它结合本省人与外省人的智慧，成为当时纽约客的中菜厨房，可以说反映了外省移民与本省交错的历史现实。当然，地道的台菜餐厅也让纽约台湾移民大为惊艳，甚至错把他乡当故乡了。而新世纪的台湾餐饮非珍珠奶茶搭配盐酥鸡莫属，不但在全美造成风靡，也能看见台湾新移民如何把东方的茶文化带向全世界各个角落。

纽约、东京、上海，都是国际城市，汇聚各色人种，每个人都带着自己故乡的味道，但也沾染了这个城市的色彩，你中有我、我中有你。通过饮食看到了城市的乡愁，也在城市的多元文化中解消了乡愁。

胡川安 2016 年秋记于轻井泽虹夕诺雅

东京：东洋与西洋的交会

／胡川安

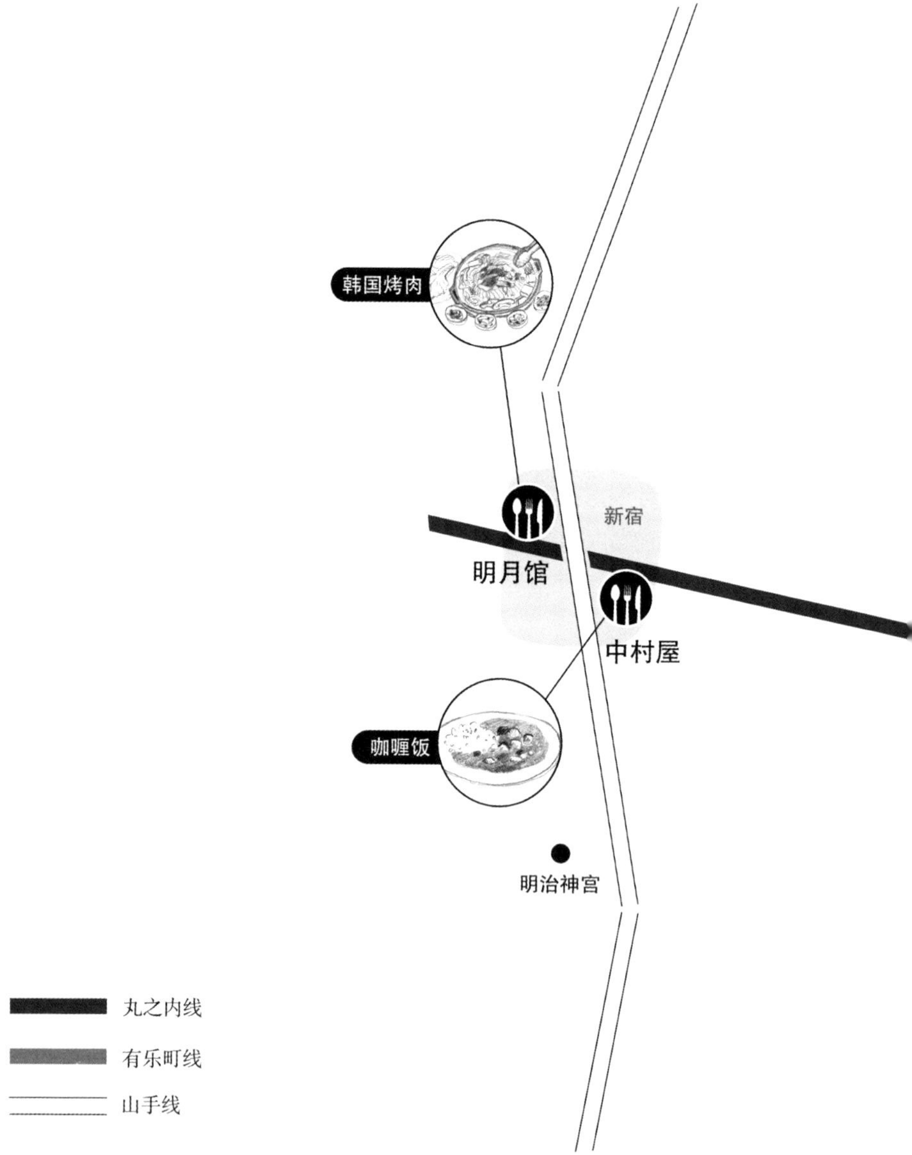

木村屋总本店
東京都中央区銀座 4-5-7　銀座木村家ビル

中村屋
東京都新宿区新宿 3-26-13

赤坂四川饭店
東京都千代田区 平河町 2-5-5

烧肉餐厅明月馆
東京都新宿区西新宿 1-4-5　明広ビル 1F · 2F · 3F

上野
东京大学
浅草
神田川
麻婆豆腐
皇居
隅田川
赤坂四川饭店
东京车站
国会议事堂
红豆面包
银座
木村屋
六本木

面包的“和食”化：面包与红豆面包的故事

东西方的饮食差异，很重要的部分就是主食的不同。日本人虽然有吃荞麦等杂谷，但是他们以“米食”作为认同的核心，甚至觉得吃米饭和作为一个日本人之间有着密不可分的关联。

食物是吃进身体的东西，所以通过食物区分他人和自我也是人类划分彼此的重要界限。面包不只是面包，对于日本人而言，面包还有宗教和文化上的象征意义，也有饮食和文化交流的关系。日本人不仅单纯地接受西方的面包，他们还改变面包的食用习惯，将以往的“和菓子”与面包的食用习惯结合，改造成红豆面包。

面包的故事很复杂，从大航海时代日本人就接触到面包，但到明治维新后才改变饮食的习惯。

日本人什么时候开始接触到面包呢?

应该可以追溯到 15 世纪中期，在德川幕府尚未锁国之前，葡萄牙、西班牙、荷兰的商船在九州岛附近与日本人交易。

现在日文中的面包用假名写成“パン”，应该是从葡萄牙语而来，台湾闽南语中的面包也受到日本人的影响，日本人用汉字“波牟”“蒸饼”“麦饼”加以记录。

大航海时代很多西洋的新鲜事物和食物都传入日本，从安达岩的研究中可以发现，新的农作物如玉米、马铃薯、南瓜、辣椒和番茄都在这一时期传入东亚；食物的做法也传入日本，包括：面包、饼干、蜂蜜蛋糕、天妇罗……

战国时期的武将也沾染了一些洋风，织田信长穿着南蛮服和帽子，丰臣秀吉也在自己所建的聚乐第试饮葡萄酒。

然而，德川幕府建立之后，宽永十六年（1639），第三代将军家光实行锁国政策，只跟荷兰人在长崎进行贸易。原本对于基督教与外国文化较为宽松的政策，也改成严格的查禁。

面包是甜点还是主食

长崎成为日本锁国时代的交易地点，在南蛮船中主要交易的东西是从东南亚来的砂糖。日本最早的砂糖是8世纪时由唐所传入，入唐的僧人鉴真将砂糖献给孝谦天皇。然而，当时砂糖是作为感冒的药品，且仅在上层阶级流传。

江户时代日本向外输出大量的银、生丝，砂糖则是输入品，从长崎由荷兰和中国输入，当时每年输入的量超过一千五百吨，主要都是荷兰人从台湾带入的。砂糖和鸡蛋是西洋甜点最主要的原料，除了砂糖的传入，西洋传来的甜点，包括长崎蛋糕、金平糖、饼干，都是这一时期传入的。值得注意的是西洋人将面包当作主食，而非甜点，但日本此时却是把面包当作甜点，这也影响后来红豆面包的出现。

锁国时代的日本已经有人讨论面包是主食还是甜点，他们对于世界上有人竟然吃这样的东西度日感到好奇，我们来看看他们是怎么理解面包的。《兰说弁惑》从比较文化的角度出发，讨论日本人和荷兰人的差异，其中以问答的形式讨论面包：

问：荷兰人经常吃的面包是用什么做成的呢？

答：以小麦粉加入醴（酒曲的一种），搅拌之后再加以蒸烤，作为早餐和晚餐吃。

问：荷兰人不吃米饭吗？

答：米饭吃得不多，而且只吃天竺（印度）米。

问：面包的语源从何而来呢？

答：面包从哪国而来？不是很清楚，荷兰人称为Brood，荷兰的邻国佛郎察（法国）称为Pain。

面包虽然在江户时代已经传入日本，但当时的日本人只把它当成一个远方的奇风异俗，不会想要吃它。而且，对于日本人而言，不吃面包还有文化和宗教上的理由。

基督的肉

从7世纪中期天武天皇颁布《禁止杀生肉食之诏》之后，日本人的饮食排除了家畜的鸡、鸭、牛和猪，肉质主要从鱼肉当中摄取。从贵族到平民阶层，普遍认为食肉是不洁的饮食行为，不仅会让身体有奇怪的味道，还会污染身心，无法侍奉神佛。

日本人对于肉食的排拒不只在形体上，在精神上也是如此，这也就是为什么一开始无法接受面包的原因。基督教的“圣餐礼”，齐聚一堂的信众将面包切成一片一片，搭配着葡萄酒。面包为耶稣基督之肉所化，葡萄酒为其血所化，面包曰圣肉，葡萄酒曰圣血。从安达岩的研究中，对于日本人而言，面包（肉）和葡萄酒（血）与佛教的教义完全无法兼容。

由于幕府的锁国政策，日本一般人要接触到西洋的面包也不容易。在德川时代有一些人不忌讳幕府禁令，笃信基督教，他们宁愿冒犯流放之刑也不放弃自己的信仰，这些人用馒头取代西洋人的面包，举行“圣餐礼”的仪式。

为了国防的面包

日本人后来接受面包不是因为面包的香气感动了他们，而在于政治和文化的改变，三个重要原因在于：清朝的鸦片战争、明治维新和“江户患”。

面包怎么牵扯上鸦片战争呢？1840年的鸦片战争，清朝战败，被迫签订《南京条约》，开放五口通商。对于日本人而言，东亚的大哥清国已经被攻破，接下来日本也无可避免地要与西方人接触。

德川幕府对于外国人即将来日的局势感到忧心，当时的海防权威江川太郎左卫门，在台场构筑炮台准备迎击外国人。日本人知道与外国人正面冲突一定得不到好处，便采用出其不意偷袭的方式。

偷袭的战法不能让敌人得知我军的伏兵，军粮无法使用米饭，因为米饭一定要炊煮，在敌前生火煮饭无疑是自找死路，让敌军炮火集中可以直接攻击。江川在文献当中找到了面包，认为面包作为军粮不仅好携带，不用炊煮，不会有袅袅的烟升起，不容易让敌人找到，而且在任何时间和地点都可以吃。

江川于是开始思考面包的制作方式，在天保十三年（1842）四月十二日于伊豆开窑制作面包，那一天成为日本国产面包制作的纪念日。

当时帮助江川做面包的作太郎是长崎人，曾经在荷兰人的宅邸当中帮佣，学会了制作面包的方法。据《日本的面包四百年史》的考证，当时面包的面粉是从乌龙面而来，发酵的酒种则从馒头而来。由于日本人不习惯单吃面包，所以会加入鸡蛋和砂糖，和“南蛮菓子”的做法类似。作太郎采用的是荷兰面包的做法，然而让面包发酵的是日本特有的酒种，可以说是东西饮食的合作。

为了富国强兵的面包

幕府末年为了供应军粮，长州藩和水户藩也都曾经尝试开窑做面包，当时天下大乱，时有战事，做面包的理由主要是携带方便。然而为了国防目的而研发的面包，后来没有持续下去，主要是因为饮食习惯没有改变，日本人吃面包还需要政治、文化与宗教上的解禁。

吃面包有那么复杂和严肃吗？

没错，明治维新前后的日本，除了引进西方的技术文明之外，明治六年对于基督教的禁令废止，而且一般人的肉食禁令也解除，面包作为基督的“肉”也在这一时期获得饮食的自由。

当日本开放通商口岸后，面包店一开始在横滨的外国人居留地开设，主要是给外国人吃的。明治初年横滨外国人居留地开了四家面包店，其中经营最好的是美国人克拉克（R. Clark）所开的横滨面包房（Yokohama Bakery）。克拉克返国之后，将店顶让给在店内工作的打木彦三郎。

面包店一开始只开在横滨和神户等通商口岸，而且购买的族群主要是外国人，日本人开始大量接受面包跟全民皆兵制较有关系。

“江户患”

以富国强兵为目标的明治政府，将现代军队的建立视为首要目标。然而，提供给军队的饮食究竟该以西式的面包为主，还是日本的米食为主？明治政府也毫无头绪，所以一开始军队伙食提供的是“日の丸”便当，就是白米饭中间配上酱菜。

从农村征集而来的平民很少有机会吃到白米饭，所以就算“日の丸”便当有点寒酸，对于从军的士兵而言也已经很奢侈了。由于白米饭需要较高的碾米技术，以往是有钱人家、武士才吃得起的主食。

江户时代的武士吃得起白米饭，容易罹患一种名为“江户患”的疾病。症状是体虚、精神倦怠、食欲不振，严重的有可能会导致心脏衰竭。明治政府发现海军当中有一成以上的人患有这种病，对于整体的战力影响相当大。

在西方人的身上找不到“江户患”的症状，这是一种亚洲地区的“风土病”，后来被证实是脚气病。关于医治的方法，医师森鸥外（就是那个文豪）认为是细菌感染，提倡所谓的“病原菌说”；然而，高木兼宽则认为是饮食出了问题，关键在于蛋白质，两人的看法相持不下。但是，前线因为脚气病死亡的人数太多，其后采用高木的说法。因此，1884年日本海军开始参考西方海军的饮食，在“筑波”舰上将军队的伙食从白米饭改成面包，后来发现舰上的官兵们都没有脚气病的问题，也是就着这个契机，日本人开始大量吃起面包。

日本人一开始接受面包，主要是因为国防、富国强兵的需求，并没有将它当成主食。除了军队、政府的推广，明治时代在东京也开起了面包店，这些面包店中又以木村屋的红豆面包最具特色。红豆面包的故事是一个失业武士在新时代中创业成功的故事，是日本人通过自己的味觉习惯去改变面包的故事，也是一个文化交流的故事。

失业的武士

经济不景气的时代，很多人都找不到工作，或者所学与社会的需求不同，这样的时代在历史上经常见到，明治维新前后的日本就是如此。

明治维新大规模地引进西方的坚船利炮，与此同时有无数的人得放弃以往的职业，重新学习新的事物。以往的武士一夜间都失业了，如何在茫茫然的新时代中找到自己的方向和谋生工具，成为很多失业武士所需要考虑的问题。这批人如果没有办法融入新时代，很容易成为时代前进的绊脚石。

出生纪州家，任职江户市中警备的木村家，传到明治维新时，木村安兵卫以往世袭的职位没有了。好险安兵卫的叔父木村重义任职新政府的“授产所”。“授产所”是什么？简单来说就是职业介绍和训练所，辅导失业的武士转职。

新的时代让很多人失业，但危机就是转机，同时提供很多机会。经济史学者东畑精一在《日本资本主义的形成者》这本书中就提到了明治维新时的下级武士成为开创日本资本主义的重要推手，他们所具备的“冒险心”和“敢行力”为日本开创了新的时代。

木村屋

木村屋的《木村屋总本店百二十年史》记录着：“作为日本最早的面包店开业。”其实日本人接触面包比这还早，而且以东京的面包店来说的话，还有比木村屋更早的店家，但这篇文章不是来质疑木村屋的，而是讨论其在饮食文化交流中的重要地位。

木村屋的前身是“文英堂”，开在日本桥附近，雇用长崎出生的梅吉作为面包师傅，出生长崎的梅吉，曾经跟荷兰人学习过面包的做法。

明治时代初期的面包店主要在横滨的外国人居留地，其中学习到面包制作技巧的日本人也加入日本最早制作面包的行列。

制作面包很重要的一个环节就是发酵，因为横滨在明治时代开始酿酒（参看拙文《饮料的文化交流：麒麟啤酒与日本啤酒的诞生》），木村屋的师傅采用啤酒酵母发酵。虽然可以发酵，但啤酒一开始在日本制造，花费相当高，获得不易。

明治七年，木村屋在银座开店，新店铺完成时，店主人木村英三郎（木村安兵卫的儿子）接任社长，也得到职人胜藏的帮助，开展木村屋的事业，创造出了红豆面包。

饮食的文化交流

红豆面包是和洋交流的文化产品，是日本人为符合自己口味习惯所创造出来的新产品。怎么说呢？

以米食为主的日本人，一开始不知道如何做面包，他们知道面包需要发酵，于是从传统“和菓子”的酒馒头中找到发酵的方法。

酒馒头使用的是日本酒酿制过程中所留下的发酵种，称为酒种，然而，酒种需要使用硬水，木村屋还到茨城的筑波山寻找适合的水。酒种发酵所花的时间较长，但是带有特殊的香气，这就是酒种红豆面包与其他面包的不同之处。

木村屋在制作面包时，其实还是把面包当作甜点，而非主食。从我自己的生活经验而言，以往在台北生活的时候，经常到山崎面包选购，后来到巴黎生活一阵子，也经常上面包店挑选各式的面包。我发现台湾吃面包的习惯多少受到日本人的影响，日本人的面包是有味道的，像是红豆面包；但是外国人的面包是主食，就像我们的白米饭，没有调味，一般蘸上奶油或者酱汁加以食用。

明治时期所绘洋人烤面包的情景。收于杉浦朝治郎编:《西洋万物图》下册(明治十四年〔1881〕刊,日本国立国会图书馆藏)。

明治时期银座炼瓦街，木村屋的所在地。曜斋国辉：《第一大区从京桥新桥迄炼瓦石造商家蕃昌贵贱薮泽盛景》（日本国立国会图书馆藏）。

第一大區

我曾经与一些外国朋友聊过，他们也很惊讶中国台湾和日本的面包里头竟然包有甜的馅——国外把这都当作甜点。红豆面包的红豆馅，其实是一种在“和菓子”中常用的馅料。江户时代常见的甜点柏饼、米馒头和大福，都是红豆馅。

在文化交流的时代中，日本人虽然开始吃起面包，但是从发酵的方法到馅料，都是日本人原有的“和菓子”文化，饮食的文化交流中展现和洋的折中。

红豆面包的“和菓子”传统还可以从樱花红豆面包看到。“和菓子”十分强调季节感，按照不同时令，菓子的样式、配色、摆盘都随着季节而有所差异。春天时，日本常将樱花摘下，加上盐或是梅醋制成腌渍品。腌渍完成后会把盐分去除，可用以泡茶、煮汤、做成饭团或加入菓子中。

春日除了赏樱，也能感受樱花的香气和味道，樱花除了可以看，也可以吃。木村屋将樱花的香气也加入了红豆面包，他们所使用的八重樱是在富士山河口湖附近所收集到的樱花，由神奈川的关口商店加以腌制。

西方来的面包配上日本的“和菓子”，可以说是饮食文化上最好的结合，也能符合日本人的口味。

大为流行的红豆面包

木村屋的面包在明治时期的日本大为流行，通过天皇传播到日本帝国的不同地方。由于木村家与天皇侍从山冈铁舟的交情，得以给天皇献上红豆面包。根据木村屋的《木村屋总本店百二十年史》记载，明治八年（1875）四月四日首次向天皇献上樱花红豆面包。

四月正好是樱花盛开的季节，从奈良吉野山上所腌渍的八重樱，搭配上好的红豆馅，向天皇奉上红豆面包。木村屋后来得到宫内省的“御用达”，即皇室指定的御用圣品。

木村屋除了锁定金字塔最顶端的客群，也拓展到一般民众，开始在市街当中宣传。明治时期除了报纸的广告成为商业宣传的手法外，在市街当中的锣鼓队（日文称为チンドン屋，中文有时翻译成东西屋）也开始流行，木村屋用锣鼓队在大街小巷宣传，也推出一些广告歌曲。

木村屋的红豆面包虽然采取和洋折中的做法，但只是为了让日本人习惯面包的味道，在广告的策略上还是强调它们是西洋传入的正宗面包，是文明开化的味道，甚至还说其是延长寿命的食物。

当时留下的《东京流行细见记》中记载:“面包屋的大将就是木村屋，其次是文明轩；西洋料理的大将是精养轩……”木村屋的营销策略相当成功，明治中期的东京居民一想到面包就联想到木村屋。

东京宣传与展店成功的木村屋，明治十七年由四代目的仪四郎接任，此时他们的目标是制霸全国的面包业，刚开始从静冈这个地方都市开始试验，逐渐向名古屋、大阪等地开拓。全盛时期从台湾基隆到日本北海道都有木村屋的店铺。

木村屋的面包霸业一直持续到第二次世界大战，战后才有大型的面包公司与其竞争，像山崎面包，逐渐地削减了木村屋在日本的市场占有率。

通过红豆面包的历史可以看到一个时代的转变，一个失业武士成功的故事，也可以看到一个面包中所蕴含着的西方的面包与日式的“和菓子”文化。

“日式”烧肉很“韩式”？韩国人留在日本的遗产

日式烧肉的故事，是一段人与动物之间血与肉的故事，也是一段帝国主义的故事，充满着殖民者与被殖民者之间的微妙关系，还是日本人与其他文化交流的故事。

“日式”烧肉?

台湾大街小巷中都有贩卖日式烧肉的店家，烧肉冠上“日式”，烧烤方式有别于BBQ、牛排、韩式烧肉和巴西窑烤，但它从何而来？真的很“日式”吗？

或许我们将日式烧肉的特点归纳为几项，包含：

◎薄薄的肉片（有别于牛排的厚度）；

◎肉片放在炭火的铁网上；

◎自己烤来吃（有别于牛排是别人送上来）；

◎以酱油为基底的酱汁腌制生肉或是蘸酱来吃（有别于牛排使用奶油）；

◎不只烤精肉，还烤内脏（有别于牛排只食用精肉）。

然而，日文汉字写成“焼肉”的日式烧肉真的有那么“日式”吗？日本人什么时候吃起日式烧肉呢？

通过食物了解历史，当筷子拿起来的那一刻，同时穿越了不同的历史与文化。我们先来了解日本人什么时候开始吃牛肉、猪肉和动物的内脏吧！

禁止肉食

我曾在《和食古早味》（时报文化出版）一书中的《日式猪排饭的诞生》与《和牛与铁板烧》两篇文章都提到过，日本人本来不吃家畜的肉。

7世纪中期天武天皇颁布《禁止杀生肉食之诏》后，日本人的肉质摄取排除了家畜的鸡、鸭、牛和猪，主要从鱼肉当中摄取。

虽然不吃家畜的肉，但偶尔会偷打一下牙祭，躲到山林野外偷偷摸摸地吃，以往日本人所说的“山奥屋”藏在山里面，是吃野猪、野鸟、野兔、鹿肉或是狸肉的地方。

江户时代的兽肉店，前方的立式招牌上写着“山くじら”（山奥屋），店内挂着野鸟肉或鸭肉，左侧则是店内食用兽肉料理的座席。

江户时代著名的《料理物语》就有提到烧肉的做法，主要是将肉烧烤后，蘸着酱油、味噌、砂糖所制成的酱料。当时的烧肉做法仍然流传至今，像是将野鸟、山猪或是野兔的肉串烧或是放在铁板上煎。

以往的烧肉记录也可以从日韩间的交流看到，江户时代有所谓的“朝鲜烧”，根据《信使通筋觉书朝鲜人好物附之写》，记载朝鲜人吃烧肉的方式是：“切成薄片，以小支的竹串，刷上酱油后烧烤，再加点胡椒。”吃法与现在的日式烧肉有点类似，只是日本人有时会蘸抹味噌烧烤。然而，“朝鲜烧”仅止于到日本交流的韩国人，没有普及到一般日本人。

日本人较为普及地食用家畜的肉，还是得等到明治维新，大力推行西化的明治政府将吃肉与文明开化画上等号。政府有意识地推动吃肉的运动，特别是从军队、学校当中开始培养起，要强健日本人的体魄，先从吃肉开始。

欧美的外国人让日本人吃肉变得光明正大，得到国家奖励，而且还是文明开化的表现，何乐而不为呢？

1863 年在东京开幕的西洋料理“良林亭”开始贩卖西洋式的烧肉，也就是牛排，调味手法采用盐和奶油，而不是日式烧肉惯用的酱油或是味噌。一般平民食用家畜等四只脚的动物则是通过军队，明治政府的全民皆兵制，为了强化国民的体质，军队中的伙食也十分强调肉类的摄取（但军队中吃的不是日式烧肉，而是猪排饭）。

明治政府所推动的吃肉运动主要是精肉，而不是内脏，像牛百叶、猪肝、大肠等动物内脏都是被丢弃的。贫民或是流浪汉才会把丢弃的内脏烤来吃，1893 年出版的《最暗黑之东京》详细地描绘了东京贫民的生活，他们将牛的五脏六腑用竹签串了以后，以酱油杂煮或是烧烤。

日本人后来敢吃动物的内脏，还有一段文化交流的路要走，而且来源不在西方，是在东方。

日式烧肉从何而来？

由于日式烧肉的历史并不长，考察其来源可以从 20 世纪初的资料来看，主要有两个来源：一个是中国；一个则是韩国。

以火直接烧烤，并且吃牛、羊、猪等肉类，包含精肉与内脏，从 1910 年代的东京所发行的美食杂志可以看到相关的记载。当时日本驻中国的记者讲述他在北京“正阳楼”吃烤羊肉的经验，称之为“成吉思汗料理”，据说是成吉思汗

昭和时期的烧肉店。

在军队当中的饮食。大正、昭和年间在东京和大阪开店的成吉思汗料理则以烧烤羊肉、牛肉和猪肉为主。

日式烧肉的另外一个来源则是韩国，当成吉思汗烤肉在日本开店的同时，韩国式的プルコギ（불고기）也在日本的韩国移民当中开始营业，烧烤方式是在炭火上放置铁网，并且将肉切成薄片，蘸上酱油食用。

20 世纪初年的韩国人与日本人的交流，主要是出于日本侵略朝鲜半岛的原因，当日本并吞朝鲜半岛，日韩之间成为“国内”的交流，赴日的韩人增加，也将饮食习惯带到日本，移民日本的韩人主要来自全罗南道、全罗北道、庆尚南道、庆尚北道和济州道。昭和十三年，东京约有四十家朝鲜料理店。

神田区的明月馆是高级韩国料理店，出入的客群大多是日本的政治人物、文艺界人士和知识分子，主要客群是日本人。但是，明月馆只是个例外，外村大通过 1930 年代的报纸，找到了 160 家在日本营业的韩国料理店，主要客群都是在日韩人。

韩国料理店中有朝鲜传统的宫廷料理和宴席所使用的料理，但主要以烧肉店为主，赴日的韩人流行两种烧肉方式：プルコギ（불고기）屋和“カルビ食堂”（갈비살）。

有趣的点在于“カルビ食堂”是采用“酌妇”帮忙烤肉，有别于现在的自助式，当时觉得上餐厅要有个人服侍才有被服务的感觉。在大阪附近的韩国移民聚落“猪饲野”，此处的烧肉店才有自己烤的习惯，所以，日式烧肉的诞生可以说由此开始。

然而，韩国的烧肉在日本登陆，主要还是在日的韩人食用，日本人不大敢吃动物的内脏，大部分都将之舍弃，而且日本人也无法接受韩国泡菜太过呛辣的味道。动物内脏的食用还是跟战争期间的食物紧缩、没东西吃有关。而且，吃动物内脏还跟强身健体、延年益寿有关，这就牵涉到日文当中动物内脏的称呼：“荷尔蒙”（ホルモン）。

动物内脏是滋养的荷尔蒙与长寿料理

日式烧肉所烧烤的动物内脏，内脏在日文当中被称为“荷尔蒙”（ホルモン），不少学者曾经讨论词语的来源，有人认为是大阪腔的“放るもん”（丢弃物），因为内脏是以往不吃的东西，后来就成为动物内脏的代称。

但是，也有的人认为荷尔蒙与英文的 hormone 有关，指的是分泌腺，后来指的是动物的脏器，为什么日本人会选择用荷尔蒙来代替脏器呢？

这与日本的饮食传统有关，明治时代以前，日本人吃肉是医疗行为或是为了滋养进补身体。因为怕别人说话（日本人总是怕别人的闲言闲语），吃肉的时候得与医疗行为画上等号："我吃肉是为了强身补体，不是单单纯纯地爱吃喔！"

第二次世界大战期间，由于肉类的供应紧缩，开始推广以往不吃的动物内脏。日本红十字会曾经组织过好几次演讲，推广荷尔蒙料理，烹煮动物内脏的料理研习会也跟维生素等药物一起举办，可以看到肉食与医疗的传统仍然维持在日本的饮食文化中。

鱼谷常吉的著作《长寿料理》中用大量的篇幅介绍荷尔蒙料理的烹煮方法，从牛肝脏、脑髓、猪肝、腰子到鹅肝等。这些可以补充大量脂肪与蛋白质的动物内脏成为长寿与健康料理的一部分，可以看出当时饮食的匮乏，现在很多人因为有"三高"的问题，不会把内脏视为健康料理的一部分，反而视之为健康生活所要避免的食物。

通过红十字会和学者的著作推广荷尔蒙料理主要是因为战争的关系，粮食的短缺，特别是肉类的供给在战争期间的管制，致使政府此时大力鼓励一般民众食用以往不吃的内脏，在军队中也加以推行。

饿死与动物内脏的抉择

战争期间的粮食短缺到了战后更加严重，本来日本的食物很大一部分倚靠被殖民统治的朝鲜半岛和台湾岛的供应，日本国内的男丁大部分都弃农从军。第二次世界大战结束之后，数百万的军人从中国大陆、中国台湾、朝鲜半岛等地回国，食物的供应成为重大的问题。

600 万的日本人回到本土，其中也包含纪录片中的“湾生”（台湾出生的日本人）。回到日本之后的那几年，稻米歉收，导致饥荒更加严重。由于日本受到美军的占领，政府也无力因应这样的问题，所谓的“黑市”，即通过地下渠道得到的货品在民间流通。黑市中的饮食店主要是关东煮、大阪烧和烧烤店。

日本人大量回国，而殖民时期渡日工作的韩人则回到韩国，当时在日本的韩人有 100 万左右，以往消费动物内脏的主要是韩人，本来不吃内脏的日本人，在没得吃的时候也无法挑三拣四，动物内脏成为战后日本人很重要的蛋白质来源。

1945年10月新宿的黑市"新宿市场"(新宿マーケット),里面挤满了在摊贩购物的民众。
© 朝日新闻社

战后的烧肉

战后的饥荒稍稍缓解后，日本人也比较能够接受烧烤动物内脏的饮食习惯，韩国烧肉店也走出韩国人的移民社群，成为一般日本人能够接受的食物选择。战后较有名气的烧肉店在东京是“明月馆”，在大阪则是“食道园”。

“食道园”的创业者是朝鲜人林光植（后来归化日本，改名江崎光男），他的妻子江崎光子曾经写过一本《漫长的旅途》回忆两人的创业过程。

从两人的创业过程中可以看出，韩国人与日本人的文化交流，不仅体现在人与人之间的情感，也表现在饮食文化上。在东京开出租车的江崎光男娶了日本人之后，日本侵华战争期间主要在中国的太原服役，当时负责军队中肉类料理的处理。

出生平壤的江崎光男战后在平壤开日式的寿喜烧店，同时合并了冷面店食道园。然而，由于朝鲜战争的爆发，朝鲜政权成立，妻子是日本人的身份使得江崎光男受到怀疑，他被认为是日本人派来的间谍（在朝鲜这可是死罪啊！），因此他决定到妻子的故乡大阪开设烧肉店和冷面店。

1947 年 2 月 7 日，日本警视厅查获了在大型冷藏设备中的黑市走私肉。© 朝日新闻社

当日本经济逐渐复苏后，开始出现专门贩卖内脏的烧肉店，也有专卖精肉的烧肉店，或是两者混合的现象。烧肉主要在“朝鲜料理”或“韩国料理”店当中贩卖。

烧肉店和韩国料理店在1960年代后逐渐分家，主要的原因是日本人对于韩国料理印象的改变，本来将“烧肉店”等同于“韩国料理”，但是后来发现韩国人不只吃烧肉，还吃很多东西，就把贩卖烧肉的店家独立出来。

烧肉店在日本快速成长，到1990年左右，东京和大阪的烧肉店都超过1500家，这与日本在战后消费肉类的情况相符合，1955年日本人均消费约3公斤的肉，1965年快速增加到9公斤，1980年则超过20公斤。

如果说西方人开启了日本人吃肉的习惯，那么韩国人在第二次世界大战之后的贡献则是让肉食在日本更加普遍。日本人殖民朝鲜半岛，伤害了韩国的历史记忆与民族情感。那么，烧肉则是韩国人对于日本人的影响，而且通过烧肉的饮食习惯，在日本最为困顿的时候，提供动物的蛋白质，养活了不少日本人，可谓是“以德报怨”的食物。

相较于美国牛排的烹煮法，日本人的烹煮方式没有什么血水。日本人不大喜欢半熟或是太过血腥的吃法，而且他们把牛肉切得小小的，在烧烤的盘子上烤熟了以后，再蘸上酱油配着饭吃，和西方人纯粹的食肉方式不同。或许“味觉”的传统并不是那么容易改变的吧！

日本人从不吃家畜的肉，想吃肉打牙祭的时候还得躲到山上偷偷摸摸地吃，西方文化、中国文化、韩国文化进来之后，日本人不仅开始吃肉，也吃动物的内脏。然而，通过烧肉在日本发展的过程与历史，我们可以看到日本帝国的壮大与衰落，看到日韩之间人群的移动，看到饮食文化的交流与传播。20 世纪末期这一文化又外销到了其他地方，也才有在台湾出现的日式烧肉。

在拿起筷子的那一刻，看到了自己，也看到了他文化。

独立领袖的家乡味：印度咖喱、日式咖喱与亚细亚主义

反帝国主义的中心：东京

110多年前的日俄战争，亚洲小国日本在对马海峡击败俄国，从日本、印度、土耳其、越南到埃及，甚至整个欧洲和美洲都为之震动，欧洲人不看在眼里的亚洲人竟然胜出了！美国的老罗斯福和印度后来的独立领袖甘地都大感惊讶，老罗斯福将之称为“世界史上最重大的事件”。

甘地则说：“日本战胜的根已蔓生得太广太远，它会长出哪些果实，如今已无法完全预见。”

同一时间孙文正在从伦敦前往亚洲的路上，他化名中山樵，苏伊士运河的阿拉伯搬运工以为他是日本人，也向他道恭喜。

《从帝国的废墟中崛起》一开头就讨论道，日俄战争的意义不仅在于日本打败俄国那么简单，从世界史的意义来说，它是被殖民人群的一道曙光，是亚洲人民走向未来的启示，是反抗欧洲帝国主义的可能性。

日俄战争后，东京取代了巴黎、伦敦，成为亚洲知识分子向往的留学之都，中国的鲁迅、周作人、梁启超、孙中山等有着不同政治理想的年轻知识分子都齐聚东京。

东京取代了北京，成为亚洲世界的中心，也是反西方殖民主义的根据地。

出生于印度的革命领袖拉什·贝哈里·博斯（Rash Behari Bose）反对英国的殖民统治，支持印度独立，希望亚洲人民站起来。但是博斯的故事不止于此，他还将印度咖喱带入日本，促进了亚洲饮食文化的交流。

印度出身

博斯出身印度班加罗尔的殷实家庭，年轻时在法国和德国得到医学和工程学的学位。然而，他像孙中山一样，热情地参与国家与民族的复兴。辛亥革命的枪声和爆炸声让满清政府垮台，1912 年中华民国诞生，同年 12 月底在印度，在

博斯（右）于 1930 年 11 月 16 日在东京与头山满（左）、印度独立运动领袖之一的普拉塔坡（Mahēndra Pratap，中）合影。© 共同通信社

英国殖民政府将首都从以往莫卧儿王朝的旧都迁到新德里的仪式上，也发生了爆炸事件，总督哈汀（Charles Hardinge）负伤，典礼因为爆炸事件而让英国政府蒙羞，政府马上开始缉凶。

爆炸的主谋就是博斯，在英国的追捕下，他选择弃国离乡，前往反帝国主义的中心：东京。博斯从德里出港，经过香港，最后在神户上岸，得到很多支持印度独立的友人帮忙，如大川周明、头山满，也在日本结识了孙中山。孙中山积极地帮助博斯，让他可以购买军火，并且从上海运往印度，然而英国政府听闻了风声，查获了军火，也得知博斯在日本藏匿，向日本政府施压。

日本政府虽然同意英国要追查博斯，却按兵不动，似乎把他当成一颗活棋，可以和英国政府谈判。通过孙文和他的心腹廖仲恺的牵线，事情有了转机，《朝日新闻》的记者山中峰太郎秘密地采访博斯，并在报纸上刊出《欧战与印度》，文章一出，日本民众大为支持印度的处境，希望他们能够脱离英国暴虐的殖民统治。

然而，此时正处第一次世界大战期间，英国和日本是同盟，所以日本政府也不便公开支持博斯。而且，山中峰太郎的文章一出，更让英国政府提出严厉的外交抗议，希望日本要求博斯离境。在英国的压力下，日本限博斯五日离境，命令一出，舆论哗然，《朝日新闻》严厉批评政府在西方帝国主义的压力下，让印度三亿人民的情感受到伤害。

幸好日本的右翼组织“玄洋社”的领袖头山满出面帮助博斯，头山满是日本近代的传奇人物，也是黑帮组织的共主，支持亚洲人民与帝国主义对抗，对于中国革命持同情的立场，并在人力和财力上支持孙中山。

隐匿中村屋与印度咖喱的诞生

头山满的好友，在新宿卖西点面包的中村屋老板相马爱藏和相马黑光夫妻档，对于日本政府将博斯逐出日本的举动也无法谅解，主动提供藏匿之处给博斯。由于相马夫妻和头山满之间过从甚密，警察监视着他们的一举一动，相马夫妻的女儿俊子就负责照顾博斯的生活起居。

俊子从小在父母的栽培下，不仅会读会写，还学会了英文，能与博斯沟通。孤独的印度流亡领袖，平日只能和俊子抒发心中的苦闷，两人日久生情，在头山满的见证下完婚。

博斯和俊子结婚之后，为了报答相马夫妻，给了他们纯正印度咖喱的秘方。中村屋的纯正印度式咖喱推出之后，在

创设中村屋的相马爱藏。© 共同通信社

市场颇受到欢迎，而且广告上说是“印度贵族的纯正咖喱”，不走平民美食的路线，当时一盘卖80钱，相较于当时一盘10钱到12钱的咖喱饭，最高贵了7倍，锁定金字塔顶端的食客群。

博斯后来被称为“中村屋的博斯”，和太太俊子生有一儿一女，归化成日本人。俊子年纪轻轻就离开人世，博斯则是继续他的独立运动。

印度咖喱之所以在昭和时期获得东京人的欢迎，并且愿意花大钱来吃，主要是因为“日式咖喱”已经在明治晚期、大正时代传播开来，当时的人都知道咖喱饭是什么东西。至于咖喱饭如何在日本传播开来，又是如何变成“日式咖喱”的呢？让我们从昭和时代回到明治早期，看看日本人的咖喱初体验。

日本人的咖喱初体验

到过日本的人，一定很熟悉一万日元纸币上的大头像，他是重要的思想家福泽谕吉，其所形塑的“脱亚入欧”论为明治维新奠定了重要的文化基础。日本人对于咖喱最初的记载也可以追溯到福泽谕吉。

福泽谕吉所注解的《增订华英通语》中有着日本对咖喱最早的记载。福泽谕吉本人应该是没吃过咖喱，比较详尽的咖喱体验记录是来自山川健次郎（1854—1931）的日记。山川健次郎何许人也？

他是日本最初的物理学者，担任过东京帝国大学和京都帝国大学的总长。出身东北会津藩的山川健次郎，入选为公费留学生，到美国留学。

明治政府选派东北的留学生赴美主要是为了北海道的开拓，因为东北与北海道的气候类似，赴美留学的原因在于美国当时开拓西部，对于北海道的开荒有参考的价值。

山川健次郎的日记中除了有认真求学的记录，也将沿途的奇风异俗写下来，对于咖喱的评价是带有“奇怪臭味”的酱汁。

然而，有着“臭味”的咖喱，当政府开始提倡吃肉、吃西洋料理时，西洋等同于文明开化，日本人就渐渐习惯这种“臭味”。本来源于印度的咖喱，通过英国人的传播，成为从印度到英国，不管是上层阶层还是平民都十分喜爱的调味品。

日本人一开始接触咖喱，把它当成西洋料理，从夏目漱石的留英日记或是明治时代的报纸当中都可以发现，咖喱不被当成印度料理，而是文明开化的西洋料理。

三种神器与配菜

被视为西洋料理的咖喱，一开始在日本上陆先在通商口岸横滨，当时只有少数的餐厅卖这种具有“奇怪臭味”的酱汁，配上日本人本来不吃的家畜肉。

咖喱饭的食用在日本大规模成长主要跟北海道的开拓有关。北海道的农业开拓并不是以日本本土的农业为蓝本，而是以美国的农业技术为目标。出生美国的克拉克博士被日本政府高薪聘请至札幌农学校（后来的北海道大学）担任校长。

札幌农学校的学生食堂中，咖喱饭就是其中一项常吃的食物。由于北海道的气候和日本本州岛差异很大，札幌农学校一项很重要的工作就是在此移植合适的蔬菜，引进西洋的野菜。

引进的野菜中，对于日式咖喱诞生最重要的三种是：洋葱、胡萝卜和马铃薯。洋葱虽然在江户时代就被引进，但是大规模的种植还是得等到北海道的开拓。札幌农学校于明治四年（1871）引进美国的洋葱以配合北海道寒冷的天气。

同样是江户时代传入的马铃薯，在日本的生产量并不高。日本本土以米食为主，搭配荞麦面和乌龙面等面食和杂谷。适合寒冷地方种植的马铃薯在江户时代末期被引进北海道，并且成为北海道主要的粮食作物之一。

马铃薯随着西洋料理传入日本，产量逐渐增加，到大正时代初年（20 世纪早期），就已经超过 180 万吨。大正八年（1919）米价高涨，政府也加强推广马铃薯，日式咖喱饭中的马铃薯就是在这样一个时代脉络下逐渐渗入日本民间的。

至于胡萝卜，本来日本人所食用的萝卜是从中国传进的白萝卜，为了适应北海道的天气，在明治时代大量种植西洋的红萝卜，现在日本的红萝卜产量也以北海道最高，占全国的三成以上。

日式咖喱与印度咖喱最大的不同就在这三种配菜，日本人称作咖喱的“三种神器”，是别的地方看不到的煮法。日式咖喱加入三种配菜的原因在于推广三种新引进的食物，使日本人熟悉它们。

除了三种配菜之外，日式咖喱还有一项很重要的特色在于配菜：福神渍，也就是吃饭的酱菜。日本人吃饭一定要配酱菜，为了使咖喱饭吃起来像是一餐饭，日本人也加了这种熟悉的配菜。

日本人不仅把咖喱与酱菜一起配，也把常吃的食物加进咖喱，明治时代出现牡蛎咖喱、野菜咖喱和咖喱面，将原有的食物都加入咖喱，以增加对于咖喱的熟悉感。

明治维新不仅是技术上的革新、观念上的改变，也是味觉上的新体验，这个时代的人每天得了解、体验不同的事物。饮食的文化交流循序渐进，为了熟悉咖喱的味道，日本人在其中加了一些熟悉的东西，让咖喱不再那么陌生。

速食咖喱

明治维新也促成了食品工业的发展，将咖喱做成咖喱粉，变成快餐咖喱，让咖喱得以进入一般民众的饭桌。

明治三十九年（1906），东京的一贯堂就制造出了日本的快餐咖喱，当时的广告宣传：

> 本咖喱粉采用极上生肉制成，无须担心腐败的问题，由熟练的大厨精心制造，味美且芳香，适合旅行携带……

一贯堂的咖喱用热水冲泡即食，使得咖喱得以大众化。从明治晚期作家的随笔和日记中就可以看出咖喱饭已经成为当时一般人餐桌上常见的食物，如出生东京浅草的泽村贞子或是俳句诗人正冈子规的记录中所描述的那样。

从明治晚期到大正初期，所谓的“三大洋食”——猪排饭、可乐饼和咖喱饭——在日本的大城市中逐渐成为一般民众的美食。

咖喱饭在日本不同地方也有所差异，一般而言，关东人较喜欢猪肉咖喱，而关西人则喜欢牛肉咖喱，造成关西、关东肉类食用差异的原因或许是关西人控制了主要的牛肉产地。

阪急百货店与咖喱

关西咖喱饭的普及和阪急百货的展店有着密切的关系。

阪急百货的创办人小林一三出身山梨县的豪商，在创办阪急百货前做了各式各样的生意，他抓准了时代的脉搏与社会的变化，随着大阪城区的大规模扩张、阪急铁道的铺设，阪急百货店也随着在大阪、神户各地开设。

现在台湾的百货大部分设有美食街，都是沿袭日式百

货的设计。在昭和四年（1929）开业的阪急百货，是日本第一间，也是世界第一间车站百货即ターミナルデパート（terminal department store）的出现。

为了迎接来百货店购物和通勤的人潮，阪急百货不断地扩充百货店的商场和美食街，其中主要以洋食为主。昭和时期的日本人对于西洋的食物已经逐渐熟悉，但有些餐厅还是消费不起，阪急百货和饲养牛只的农家订定契约，获得廉价的牛肉，压低咖喱饭的售价，让一般搭乘火车和逛百货公司的民众也能消费得起。当时咖喱饭大受欢迎，一天可以卖出一万三千盘，这也影响到关西民众对于咖喱饭的接受，他们一开始吃的就是咖喱牛。

军队中的咖喱饭

洋食餐厅主要是开设在大城市里，使得咖喱饭普及的原因还在于军队的推广。2015 年朝日电视台的日剧《天皇的御厨》，描绘了大正、昭和天皇的御厨秋山德藏精彩的人生故事。

出生日本东北乡下的秋山德藏，无法进出城市中的洋食餐厅，也不知道什么是咖喱饭，唯一可以接触到咖喱饭的机会就是在军队之中。

日本人学习西方文化不只是表面的层次，连外国人吃什么也一起学。明治维新确认了以英国的海军作为日本帝国海军的编制，英国海军吃咖喱，日本人也一起学。从1910年出版的《军队料理法》所罗列的146道食谱里，可以看到猪排饭、咖喱饭、马铃薯炖菜、牛肉丸等日本人以往不吃的肉类食物的烹煮方法。

对于大多数的士兵而言，从军之后的饮食是他们人生的初体验，也是洋食、咖喱饭和猪排饭的第一次尝试。当时日本每人每年的牛肉消费量才1公斤左右，但是服役的士兵一年可以吃到13公斤。

而且，服役的士兵可以吃到以往不容易吃到的白米饭，对他们而言，咖喱饭、洋食可以让他们吃得饱，饮食文化的和洋交流也随此比较容易地展开了。

日式咖喱 vs. 印度咖喱

从明治到大正时期，日本人对于咖喱从讨厌到接受，不仅单纯地接受，也改变、转化咖喱的味道，变成印度、英国都吃不到的“日式咖喱”。

日式咖喱一开始是从英国进入日本，后来加上北海道的开拓，将美国的三种神器（马铃薯、胡萝卜和洋葱）移植进入日本的咖喱饭。日式咖喱还增加了小麦粉的量，因此变得糊糊的，又加入了酱菜且使用日本人口味上习惯的黏性米。虽然日本人改造了咖喱饭，将它“和食”化，但是他们还是将咖喱饭视为西洋的食物，是文明开化国家所传播进来的食物。

吃咖喱饭与福泽谕吉所说的“脱亚入欧”不谋而合，是进步且文明的象征，是日本国民为了学习西方的文化而改变自身饮食习惯的结果。然而，当日本人富强起来后，从明治到昭和时期，对于西方文化就有不同的检讨声浪了。

昭和时代的日本已经不像明治时代那样衰弱，建立起自己的民族自信心，成为世界的强权，“西洋”的东西就等于“文明”或是“好的”这种想法逐渐受到质疑。相对地，同样是亚洲的印度人民，反而得到日本人的好感。

之前提到博斯在日本之所以能够藏匿，是因为《朝日新闻》的文章引起日本民众的同情。其实在这一时期，日本民众普遍有一种亚洲人同在一起的情感与意识。所谓的“亚细亚主义”并不像存在主义、自由主义或是共产主义的思潮和政治行动。“亚细亚主义”是一种情感，是亚洲人彼此相连的情绪，也有共通的历史基盘，是在西方帝国主义压迫下，一起反抗殖民主义的共同命运。

中村屋推出印度咖喱恰好与昭和年间的亚细亚主义气氛相结合，加上使用高级的白米饭和鸡肉，在市场上打开知名度。江户时代最美味的米称为“白目米”，在埼玉县种植，引进高级的米和“纯正的印度咖喱”搭配。而且，印度咖喱所使用的鸡肉也非同一般，中村屋特地在山梨县买下土地作为饲养土鸡的场所，让“印度咖喱”不仅是平民美食，而且成为高级料理的代名词。

目前仍在新宿营业的中村屋，还卖着博斯所留下的印度咖喱，但是时移事往，价格已经与一般的日式咖喱差不多，多少是因为支持印度咖喱的“亚细亚主义”已经不在了。

从食物可以看到一段历史、一段亚洲人民共同反抗帝国主义的记忆，食物的历史不只是食物本身而已，还有社会、文化赋予的想法、概念，都会使食物在社会的流传产生不同的结果。

麻婆豆腐跨海飘香：陈建民与四川料理在日本

料理铁人

如果问日本人中华料理，他们都会提到川菜的麻婆豆腐，但是四川料理其实是第二次世界大战后才进入日本的菜系，相较广东料理的点心、上海料理的东坡肉、小笼包等名菜的传入，是十分晚近的事。

川菜在日本享有名气来自陈建民父子的努力。陈建一继承了父亲陈建民的“四川饭店”，1990 年代富士电视台《料理铁人》节目在日本的收视率相当高，而从 1993 年到 1999 年陈建一在节目中的战绩是 63 胜 17 败 2 平。连续几年在节目中表演，没有扎实的功夫是无法胜任的，而这些手艺也是来自他的父亲。

一个厨艺精湛的厨师因为听了算命先生的话，东渡日本，在异地努力地打拼，而且遇到贵人，加上电视的吹捧，将麻婆豆腐从四川的大街小巷传进了本来不大吃辣的日本人家庭里，其中还有异国婚姻、大时代的分离、情感和认同的纠葛。让我们从料理铁人的父亲——陈建民的旅程开始讲起。

陈建民的旅程

陈建民1919年出生于四川的富顺，是10个兄弟姊妹中的幺儿，本来家境富裕，但3岁时父亲就往生。丧失一家之主的陈家也家道中落，家族中的兄弟姊妹四散各地，仍是幼儿的建民也得下田工作，8岁时还得从事搬运煤炭的工作换取饱餐的机会。

10岁的时候，因为伯父不忍年纪尚小的建民就得背负如此的重担，将他带到宜宾。宜宾是四川的大城，长江的船运发达，来来往往的人多，机会也比较多。从宜宾开始，建民开始了他人生长长的旅程，辗转各地。

宜宾的生活虽然不用搬运煤炭，但也得自己赚取生活费，陈建民在当地的“海清园”和“京川饭店”分别打过杂，这也是他接触餐饮业的开始。“京川饭店”的规模较大，有十多位厨师，各有专长，他在此学到了不少的刀工和手艺，为后来的厨艺打下了基础。然而，由于太平洋战争，建民被迫离开宜宾。

卖鸦片的勾当

在陈建民 14 岁那年，日本侵略中国，虽然日本人没有进入四川，但是宜宾也成为轰炸的目标，让京川饭店的生意无法好好做下去。此时国民党正在招募军队，找上了陈建民，对于军队和战争天生有一股厌恶感的陈建民拒绝从军，为了躲避征兵，在 1939 年逃往云南。

京川饭店的工作让他积攒了一些钱，他买了一些纸烟和盐前往云南做生意，同时在 20 岁那年通过别人的介绍成婚了，并且生下了一个女儿。新婚生活没多久，陈建民想做点生意赚更多的钱，开始铤而走险。

此时在云南和四川山区最好赚钱的就是鸦片生意，虽然已经到了 1941 年，但是吸食鸦片的人还是相当多，而四川的大凉山适合种植鸦片，陈建民拿了一些钱在山区待了几年，打算靠卖鸦片维生。他听说重庆的鸦片价钱较高，但当他带着成品准备到重庆兜售时，发现沿路张灯结彩，庆祝抗日战争的结束。然而，到重庆卖鸦片的消息被客栈走漏，有警察上门前来，他来不及带走货物就从窗口逃走。

浪迹天涯

卖鸦片不成，陈建民也没有脸面回去家中看望妻子和小孩，只好在 27 岁重拾旧业当起厨师。他从重庆沿着长江下到了武汉、南京，再到上海，在不同的餐馆当厨师，本来想在上海安定下来，但是 1947 年内战开始，货币也产生波动，通货膨胀非常严重，本来当厨师一个月拿 200 万元，下个月就变 300 万元，最后薪水虽然达到 1 亿元，但也只能买得起 14 公斤的白米而已。

对于内地的局势感到不安，陈建民在友人的介绍下，前往台湾寻求发展。陈建民觉得如果能在台湾推广四川料理的话也不错，当时台湾料理主要以福建料理为基底，没有太多川菜的餐厅。1947 年，陈建民从上海搭船到台湾，先在衡阳街的龙乡川菜馆工作，三个月后到南部的“凯歌归”当厨师，来年又转往香港。

在各地间辗转工作的陈建民，换工作的理由不一而足，或许是餐厅内部的问题，或许是朋友引荐到其他地方高就，或许是时局不稳想离开，但不同的地方除了增长他的见识以外，也让他了解了各地不同的食材和料理。本来只熟悉四川料理的陈建民，由于川菜对于海鲜的处理并不是很擅长，到了台湾和香港之后也见识到当地的料理，开始处理以海鲜为主的菜系。

到了香港之后，陈建民安顿了几年，在“新宁招待所”担任四川料理的大厨，当时招待所内有八名大厨，分别专精不同的菜系。然而，虽然有了稳当的薪水，但是走过中国那么多地方，陈建民此时不想再受雇于别人，和八个同样来自四川的朋友成立了友利公司，在香港卖起川菜，自己当起老板，股东中和陈建民关系最深的就是黄昌泉，之后我们还会看到他们的故事。

陈建民在香港的川菜餐厅生意相当好，有了一番成绩之后，在当时朋友的介绍下，陈建民又完成了人生第二次的终身大事，和何静珠再婚，并且生下了一男。然而，川菜餐厅的股东们因为赌博产生的问题而发生了不睦，彼此间产生了裂痕，让陈建民和黄昌泉萌生退意，打算再到其他地方寻找出路。

算命先生的铁口直断

陈建民回忆说他年轻时有种流浪癖，只要环境不如己意，就想出走，他想到了日本的友人陈海伦，便想到日本闯一闯。但是，到国外人生地不熟的，他也犹豫了一番，加上当时旅游签证并不好申请，于是他找了算命先生阮立仁咨询，后者戴着厚片眼镜，用深邃的眼睛看着陈建民的面相，问他说："近来你的心漂浮不定，是不是想离开香港？"

陈建民一惊，想说阮立仁怎么能看透一切，便将他遇到的问题和盘托出。阮立仁说："东方吉。"陈建民又一惊，想说算命先生怎么知道他想到日本，再向他咨询签证不好申请该怎么办。阮立仁说，"八月十五"将签证的资料送进领事馆，此行就没问题。接着又剖析陈建民一生的命运，指出他在日本将成为家喻户晓的人物，并且遇到很多贵人，也会遇到财务和健康上的问题。从陈建民的回忆中，这些事情后来都一一应验了。

果然，八月十五日送进去的签证，让陈建民得到前往日本的许可。然而，踏上旅途则是 1952 年的七月，他和朋友黄昌泉一起搭船从横滨上岸，在日本欢迎他的是四川同乡陈海伦，也是他在日本唯一的朋友。陈海伦第二次世界大战前在上海的高级俱乐部担任服务员，认识了不少日本政府的高层和中国的官员。

贵人的出现

陈建民带了什么东西到日本？自己的炒锅和菜刀，还有两桌份的餐盘。以往他在中国旅行的时候不会带着这些东西，但是第一次到日本时，他把这些赚钱的工具带上了，想着没钱可用时至少还可以到厨房煮中国菜，而这些赚钱的工具也让他遇到了贵人。

由于持旅游签证所以无法找到正式的工作，然而就如同算命的阮立仁所言，他遇到了贵人。陈海伦的家里时常有达官显要到访，需要招待客人，她请陈建民上一桌拿手的料理招待贵客。当晚出席的外务省次官奥村胜藏曾经在上海待过，对中国菜相当熟悉，也非常挑剔。宴席过后，他相当满意，要求见当晚的大厨。陈海伦引荐陈建民，并且说他持旅游签证，无法工作，需要通过外务省的帮忙才能留在日本。

由于奥村的帮忙，陈建民和黄昌泉得以留在日本。奥村在日本政界相当有影响力，与有力人士会面时，都会需要办一桌私人的宴席。陈建民和黄昌泉就成为奥村款待客人的秘密武器。陈海伦在“东文基园”的大房子中举办宴会，其中有八间大房间，也有跳舞的舞池。当时上班族的薪水约略一万日元上下，但是在这里的宴席一桌就将近五万日元，是只有达官显要才能进来的会员制俱乐部。

命运中的相会

陈建民和黄昌泉也住在“东文基园”的客房中，由于他们两个不会日文，通过介绍找到了一个会中文的日本人关口洋子来当翻译，也兼采买食材和当厨房的助手。22 岁的洋子——建民记得第一次看到这个女孩时，觉得她瘦瘦小小的，并不是个美人，却有着爽朗的性格，也很喜欢料理。

从厨房随侍在侧的助手到市场的采买，建民与洋子朝夕相处，对她日益有好感，每天跟她说：“我们结婚好不好！”洋子以为是开玩笑并不在意，有一天建民认真跟她说：“我在香港有老婆和儿子，每个月的薪水要给他们一半，但我还是想跟你结婚。”

洋子听到这样的求婚先是一惊，但对于身旁这位大厨也感到倾心，所以也就答应了他的求婚。虽然建民在四川和香港都结过婚，但是都没有注册，所以户籍上洋子还是他的第一任太太。

新婚后的建民和洋子离开“东文基园”，自己在西麻布附近另辟小天地。1954 年女儿高子出生，两年后建一出生。在接下来的几年间，由于薪水的问题，或是和别人处不来，工作总是换来换去。作为一个厨师，他只想把自己的料理呈现给顾客，厌倦受雇于人，于是萌生自己开店的梦想。

四川饭店的诞生

1958 年，让建民梦想实现的机会来了。新桥附近的田村町有间台湾人经营的洋食屋，由于生意不好，建民打算将它改成川菜的餐厅，当时只拿得出四分之一的钱，但和店主说好将负责全部的料理和经营。

由于这间店邻近东京政府单位的集中地霞之关，相当多的公务员中午会到附近用餐，建民思考自己的经营策略，他坚持使用“四川饭店”的名号，想要成为在日本卖四川料理的第一人。然而，日本人虽然知道中国料理，但对于四川菜并不熟悉。

第二次世界大战，日本侵略中国，战后也带回一些中国料理，而且开始吃以往不太吃的猪肉和拉面。但是，日军遇到四川的崇山峻岭也没有办法，蒋介石军队固守在当地，让日军无法品尝四川料理，即使到战后，日本人对于川菜还是没有什么接触，要怎么让日本人接受川菜，成为陈建民烦恼的问题。

由于场所的关系，很多上班族中午不会叫一桌菜，顶多吃个日本的“定食”，陈建民便将四川饭店的菜色也做成定食，菜单不要太复杂，顶多十种菜，配上日本人常吃的酱菜，再配上一碗汤。

后来他又想到，如果有常来的客人，十种菜色对他们而言太少了，所以要每个月更换菜单。但是，在这些菜色当中唯一不变的就是麻婆豆腐，而这也是四川饭店的招牌。

豆腐是日本人的家常菜，平常放在味噌汤中或是吃汤豆腐时蘸点酱油，做法和麻婆豆腐完全不同。来店的客人当时以为是熟悉的豆腐味道，但上菜之后闻到香喷喷的味道，加上麻婆豆腐十分下饭，让这道菜成为四川饭店的招牌。

新桥的店成功之后，建民在 1960 年有了展店的打算。他将第二间店开在六本木，并且成立“建昌企业六本木四川饭店”，“建”就是建民的“建”，“昌”则是一路上和他携手的伙伴黄昌泉，六本木的四川饭店也大为成功，让建民在日本的事业站稳了脚跟。但建民的好运不只如此，他将成为日本家喻户晓的大厨。

“今日的料理”

NHK 的节目《今日的料理》1957 年开播，有相当多的观众。由于 1964 年东京举办奥运会，这个节目除了日本料理外，也介绍很多外国的料理，让观众熟悉即将来访的很多外国观光客，看看他们的文化、他们吃什么。

东京奥运会前是日本战后经济最景气的一段期间，本来贫穷的日本经过十几年脱胎换骨，GDP 进入全世界前三名，生活较为富裕的一般民众也开始买大量的家电，当时有超过两千万的家庭中拥有电视的配备。

六本木四川饭店的开设，让大家注意到这位从中国来的厨师，加上建民的店就在 NHK 附近，很多节目制作人都到此用餐，让大家注意到川菜，并且于 1961 年开始邀请他上节目，当时的节目将料理分为和式、洋式和中式，中式料理由陈建民上菜。

由于陈建民的旅行经验，所以除了四川菜，他也熟悉

陈建民与陈建一父子。戴着厨师帽、身着厨师服的陈氏父子形象，通过电视节目深植人心，也让陈氏父子在日本主妇心中和中式料理画上等号。

其他的菜色，可以满足节目料理多样化的需求，而且建民的口音搭配他的表演，形成一股特殊的魅力。由于《今日的料理》主要是家庭主妇收看，他也会考虑一些容易取得的食材，让主妇们可以学着做。

为了日本人而生的麻婆豆腐

麻婆豆腐这道建民最为人所熟知的菜色，其中的原料蚕豆不是日本容易取得的食材，建民如何在日本做麻婆豆腐呢？熟知麻婆豆腐的人会知道，正宗的麻婆豆腐强调麻、辣、鲜、香等风味，豆腐表面撒上的花椒还有调味的豆瓣酱和甜面酱都是麻婆豆腐的重点，但是人在日本的陈建民却没有这些原料，他是如何克服的呢？

豆瓣酱需要经过蚕豆和生辣椒加盐发酵三到五年才可以完成，加上日本的气温又比四川还低，发酵的时间不同。而且日本的生辣椒比四川的还辣，制作豆瓣酱时需要用手将之击碎，第一次试做豆瓣酱的陈建民不仅手痛，还眼睛痛。他因而体会到在日本要完全复制四川的豆瓣酱不大可能，后来在太太的建议下，陈建民开始思考什么样的麻婆豆腐才适合日本人。

“料理是因为人才存在的”

日本人喜欢较甜的食物，调味必须有所调整，后来他找到了八丁味噌代替麻婆豆腐的甜面酱，并且调整到日本人可以接受的口味。不只麻婆豆腐，四川知名的菜色回锅肉所需的蒜苗，陈建民也用日本较容易买到的高丽菜代替。由于日本人无法接受正宗川菜的辣度，所以陈建民在辣味减了两三成，而四川知名的担担面本来是干面，但日本人习惯汤面(拉面的饮食习惯)，所以将担担面加了汤，以符合当地的饮食习惯。

陈建民所调整的口味和食材都是为了让川菜更容易走进日本人的家庭。“我的料理和正宗的川菜有点不同，但不是假的。”他还说：“料理是因为人才存在的。”在日本就得做出让日本人接受的川菜。

“没有爱的料理是不行的！”

要让人接受自己的料理是需要花心思的，陈建民认为自己的料理是花脑子想出来的。但是做菜不只需要头脑，还要有灵魂。如果问陈建民他的料理精髓何在，用一句话加以总结，他会说："料理就是爱情。没有爱的料理是不行的！"爱的料理背后的人物就是洋子，她总在建民的身边，不管是厨房、饭店的管理，或是建民上节目之时，建民的成功就是建立在两人爱的基础上，而且，在这个家庭生长的孩子陈建一继承了建民的手艺，后来同样在荧光屏前大展身手，通过《料理铁人》节目继续让川菜在日本为人所熟知。

中国的认同与加入日本籍

一生喜爱流浪的建民，在日本总算定居下来，建立了家庭，并且在事业上发光发热。四川饭店在日本全国展店，并且开设"惠比寿中国料理学院"培养中式料理的人才，虽然在日本获得如此的成就，建民始终认为中国才是他的家，他在日本取得永久的居留权，但始终不肯加入日本籍。

或许是对于"文化大革命"的厌恶，建民在回忆录中提到，由于"文革"的关系，中国料理的厨师和文化已经难以生存，成为批斗的对象，所以优秀的厨师和中华饮食文化都留在日本了。

日本和中华人民共和国建交之后，同样出生四川的邓小平于 1978 年访日，当时邓是国务院副总理，日方款待的大厨就是陈建民。

或许是离家太久了，建民六十几岁时想要回到故里，看看故乡的变化，但是他所持护照无法进入中国大陆，于是在 1983 年决定加入日本籍，改名东建民，带着洋子和儿子建一返回故乡。故乡的情景让陈建民相当激动，而且由于发展停滞的关系，和他离开时的景色没有差太多，但是其中的人事已非。无法知道陈建民回故里之后的感想，但他到往生前也只回到故乡一次。从 1953 年到日本，到 1990 年 71 岁离世，他乡亦故乡了吧！

川菜继续在东瀛飘香

陈建民在 1987 年获得“现代名匠”的头衔，被评选为传统工艺和饮食文化上的职人，陈建一也在 2008 年获得这样的荣耀，而建一的儿子陈建太郎也追随父亲和祖父的脚步，继续在东瀛传播川菜，训练出日本的中国料理人才。

麻婆豆腐的流浪生涯，背后是个人的家庭与生命史，也是饮食文化的历史。拿起筷子的那一刻，不只感受到麻辣辛香，也体会到其中的情感与记忆。

参考文献

Emiko Ohnuki-Tierney, *Rice as Self: Japanese Identities through Time*, Princeton: Princeton University, 1994.

Katarzyna J. Cwiertka, *Modern Japanese Cuisine: Food, Power and National Identity,* London: Reaktion Books, 2006.

大山真人:『銀座木村屋あんパン物語』，東京：平凡社，2001。

小菅桂子:『カレーライスの誕生』，東京：講談社，2013。

中島岳志:『中村屋のボース—インド独立運動と近代日本のアジア主義』，東京：白水社，2005。

日本のパン四百年史刊行会:『日本のパン四百年史』，東京：日本のパン四百年史刊行会，1956。

木村屋総本店:『木村屋総本店百二十年史』，東京：木村屋総本店，1989。

吉永みち子:『麻婆豆腐の女房—「赤坂四川饭店」物語』，東京：光文社，2003。

宇佐美承:『新宿中村屋相馬黑光』，東京：集英社，1997。

安達巌:『パンの日本史—食文化の西洋化と日本人の知恵』，東京:ジャパンタイムズ，1989。

安達巌:『パン食文化と日本人—オリエントからジパン

グへの道』，東京：新泉社，1985。
江崎光子：『长い旅』，東京：朝日新聞社，1983。
佐々木道雄：『焼肉の文化史　焼肉・ホルモン・内臓食の俗説と真実』，東京：明石選書，2012。
佐々木道雄：『焼肉の誕生』，東京：雄山閣，2011。
東畑精一：『日本資本主義の形成者』，東京：岩波新書，1964。
宮塚利雄：『日本焼肉物語』，東京：太田出版，1999。
陳建一：『ぼくの父、陳建民—「鉄人」が「神様」への思いをつづる』，東京：大和書房，1999。
陳建民：『さすらいの麻婆豆腐—陳さんの四川料理人生』，東京：平凡社，1996。
筑摩書房編集部：『陳建民—四川料理を日本に広めた男』，東京：筑摩書房，2015。
魚谷常吉：『長壽料理』，東京：秋豊園出版部，1936。
森枝卓士：『カレーライスと日本人』，東京：講談社，2015。
潘卡吉・米什拉（Pankaj Mishra）：《从帝国废墟中崛起：从梁启超到泰戈尔，唤醒亚洲与改变世界》，黄中宪译，台北：联经出版公司，2013。

上海：风云际会的脚注

／郭婷

外白渡桥（Garden Bridge）
黄浦公园，连接黄浦与虹口

老大昌
淮海中路 558 号（原霞飞路〔Avenue Joffre〕）

沙利文咖啡馆（已歇业）
原址：南京路 11 号（今南京东路 223 号，现为华东电管局大楼）
旧时分店：静安寺路（Bubbling Well Road，今南京西路）、
麦德赫斯脱路（Medhurst Road，今泰兴路）交界处

跑马厅（原英商跑马总会 / 上海跑马总会）
南京西路 325 号
（1954—1997 年为上海图书馆，1997—2012 年为上海美术馆）

红房子
1935 年 Chez Louis：今淮海中路 975 号
1945 年 Chez Louis：今陕西南路 37 号
现址：淮海中路 845 号

国际饭店
南京西路 170 号（跑马厅对面）

凯司令
原址：静安寺路、西摩路（Seymour Road，今陕西北路口）口
现址：南京西路 1001 号

普希金像
汾阳路、岳阳路和桃江路的街心三角地带

徐家汇天主堂 ●

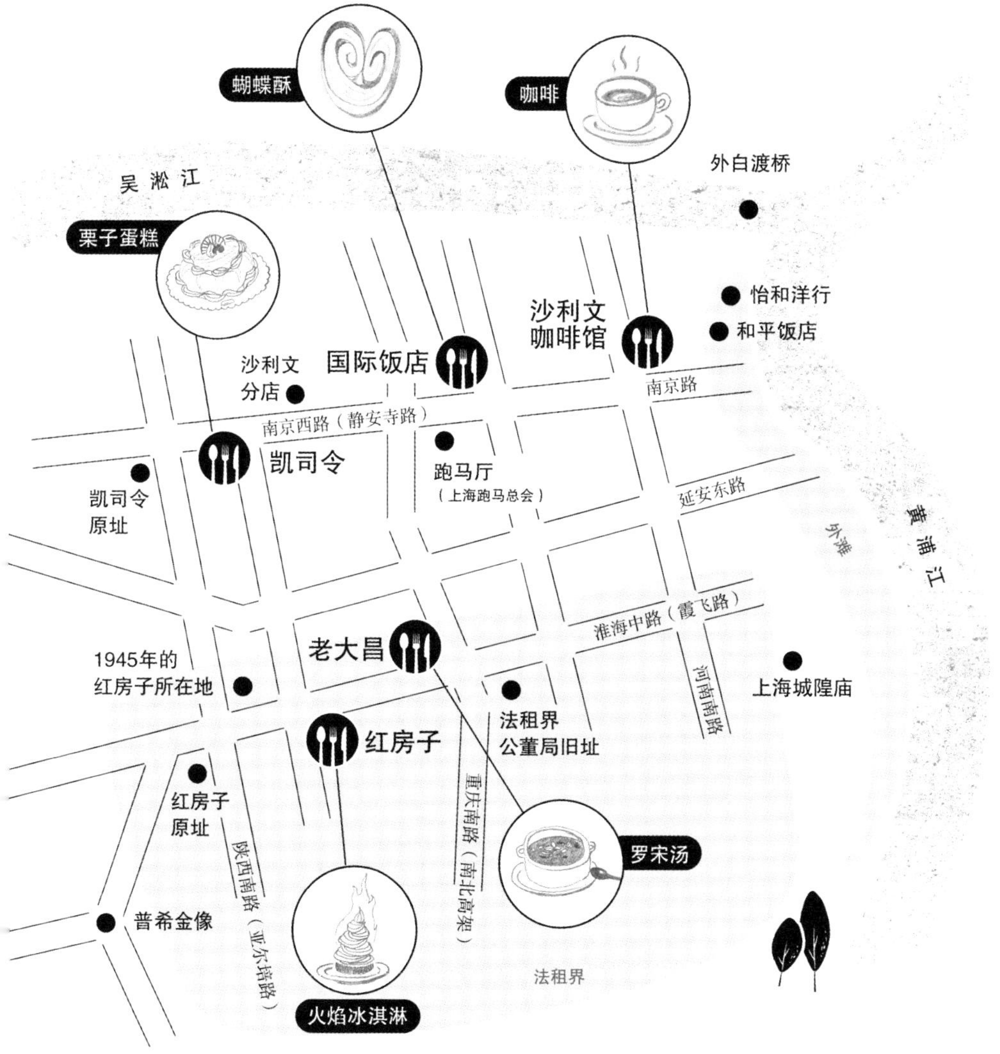
蝴蝶酥
咖啡
吴淞江
外白渡桥
栗子蛋糕
怡和洋行
沙利文
咖啡馆
和平饭店
国际饭店
沙利文
分店
南京路
南京西路（静安寺路）
凯司令
跑马厅
（上海跑马总会）
凯司令
原址
延安东路
外滩
黄浦江
淮海中路（霞飞路）
老大昌
1945年的
红房子所在地
河南南路
上海城隍庙
法租界
公董局旧址
红房子
红房子
原址
重庆南路（南北高架）
罗宋汤
陕西南路（亚尔培路）
普希金像
法租界
火焰冰淇淋

海上旧梦：咖啡香里的苦涩和传奇

上海话有“老克勒”这个说法，指讲究生活细节且有一定阅历和生活品位的老先生。他们戴鸭舌帽、穿牛津鞋、打领结，冬天戴格子围巾，秋天穿风衣。喜欢悠悠地喝咖啡，喝红茶要放柠檬，早餐喜食牛奶麦片。每一条皱纹、每一个欣慰的笑、每一步颤抖的行走都是外人难以想象的或不愿去模拟的“真事隐”。

我的一位舅公就是这样的老克勒。舅公的父亲原是丝绸大亨，爱上表妹，家长却为他娶了同样乡绅家庭出身但破落在先的姑娘——“大概是为了省几个聘礼钱”，家人常笑。二人婚后始终冷淡相对，新妇脸上少见笑容，而后他随着兄长来到上海开洋行。

出身富贵的舅公便在上海念了西式的教会学校，又考上最好的私立大学；极赋语言天分，四国西文都流利。毕业后进了最好的洋行，娶了令人艳羡的话剧名伶。周末去蒋介石和宋美龄举行婚礼的教堂参加唱诗班，生活得喜气洋洋，也好似亲身示范了沪人所谓的“洋气”。

1937 年，“八一三”淞沪会战后，洋行倒闭，租界沦落成孤岛，年轻的舅公失去了工作和曾经欢快的生活。但是，每天早晨他依然西装笔挺地出门，在租界穿过他曾经最爱的咖啡馆，从后门进、前门出，这样不用花钱还可以闻得一身咖啡香。已经买不起报纸了，他就在法租界的复兴公园捡一份西文报纸，坐在长椅上看一天，傍晚吹着口哨返家。

舅公去的是沙利文咖啡馆（Sullivan’s Hot Chocolate），初名为沙利文糖果行（Sullivan’s Fine Candies），本店开在南京路，1922 年被一美侨雷文（C.H. Ravan）接手，改了英文店名，中文名照旧。1925 年，又招收其他股份，改称沙利文面包饼干糖果公司，并向美国俄亥俄州注册，在新闸路设工厂，以面包、饼干、糖果、糕点享誉上海，以至于“沙利文”在老派沪语中常被作为糖果饼干的代名词。1949 年以后，沙利文与马宝山糖果饼干公司等合并为上海益民食品四厂（后上海光明公司），是上海糖果饼干的主要生产工厂。

沙利文咖啡馆在静安寺路（今南京西路）、麦德赫斯脱路（Medhurst Road，今泰兴路）交口上另有一家分店，

外白渡桥旧貌。郎静山摄，来源：https://commons.wikimedia.org/wiki/File: Shanghai_Bridge, _by_Lang_Jingshan.jpg

为英式建筑，有电唱机，楼下有火车卡座，楼上多是小圆台，临街落地长窗。餐台上都铺着绿白方格的桌布，风格清雅。比较与众不同的一点是侍者有一半是白人，主要语言为英语，使得到沙利文咖啡馆进餐饮茶成了一种西化的身份标志。

舅公每日进出咖啡馆又在公园读报，看似清闲和清高，实际是在看招工广告。无奈当时洋行和外资企业纷纷撤离，西文的优势不再。家中靠妻、妹绣花养家，他的妹妹也就是我的祖母。舅婆为了绣花而熬夜，结果染上了烟瘾，每工作一小时就要抽烟提神，直到深更半夜。不久后，年轻的祖母去日占区的虹口工厂做工；去虹口必须经过一座外白渡桥，在李安的电影《色戒》中有细致的描绘：当时外白渡桥由日本士兵守卫，中国人若过此桥则必须向日军鞠躬。为了避免向站在外白渡桥的日本兵鞠躬，祖母坚持每天绕路，多走一个钟头上班。

以后回忆起沙利文咖啡馆，祖母总是带几分埋怨的心酸和几分无奈；但也是那座咖啡馆，给不知如何面对突如其来的贫困、战争和分崩离析的世界的那位年轻人，在每早咖啡馆的杯碟轻响和慢声细语中带来些许的温暖和希望吧。

1949 年以后，舅公离开了上海的家人和原先的生活。

原图为 1934 年的轩尼诗广告，图中长须老者为著名剧作家萧伯纳。

来源 :《一位美国人在中国，1936—1939》(An American in China 1936-39: A Mernoir)，http://www.willysthomas.net/CathayHotel.htm

关于舅公后来的故事，父亲是这样写的：

“克勒”舅舅来上海为父亲办丧事，尽管这时他自己也是在五七干校养猪，不过走在上海街头，一身打扮：短袖的府绸衬衫，下半截束在白色西装短裤里，脚蹬一双白黑间色的镂空风凉皮鞋，依然是“克勒”。

办完了丧事，一起聊天，说自己两个女儿穿得太土了：“以后把我在国外买的连衫裙给她们穿上，一起到南京路上走一走，肯定后要跟上一大批。”——我的这两个表妹在幼儿园时，我妈妈带她们到照相馆拍照想寄给她们的爸爸，后来照相馆把两人的合照放得比真人还大，放在橱窗里做起了广告。

外婆去世后，舅舅就很少回上海了。两个表妹在中学毕业后都去了南方。我结婚的时候到了南方旅游，住在舅舅家，白天看着他西装笔挺地出去上班，晚上聊天，古今中外，天南海北，兴致极高。

奇怪的是，“克勒”舅舅到了晚年却非常怀旧，来信里经常要讲些儒家的警句，而原来的洋文味道倒是没有了。更可惜的是，几年前得了老年痴呆症，除了我舅妈、我妈妈和他自己的女儿外，其他人一概都不认识了。

那是20世纪上海滩中无数挣扎的人生里面的一个小小的脚注。

过来之人津津乐道，道及自身的风流韵事，别家的鬼蜮伎俩——好一个不义而富且贵的大都会，营营扰扰颠倒昼夜。

豪奢泼辣刁钻精乖的海派进化论者，以为软红十丈适者生存。上海这笔厚黑糊涂账神鬼难清，讵料星移物换很快收拾殆尽，魂销骨蚀龙藏虎卧的上海过去了，哪些本是活该的，哪些本不是活该的；谁说得中肯，中什么肯，说中了肯又有谁听？

因为，过去了，都过去了。

20世纪20至40年代的上海所呈现出的那畸形的繁华，正如木心先生所说，看似炫目，实则大梦千秋，只待战争与革命将其摧毁。列强租界形成的治外法权与本地大亨黑帮共参都市秩序，外忧内患，市民慎诺生活，谨守寸光阴。螺蛳壳里做道场，洋场沉沦蝴蝶梦。但上海曾经接纳了来自世界各地愿意放弃、挑战和改变传统的人，并将他们的文化融会贯通，成为一座兼具开放性和契约精神的都会。

哪怕命中注定会夭折，也还是值得纪念：那些杯盏中叫人依偎的味道，是 20 世纪的苦难中一道美好的灵感乍现。

咖啡馆中的千钧一发:《色戒》与凯司令的传奇故事

除了沙利文，还有另一间咖啡馆依旧让老上海人无限怀念，它曾出现在李安的电影《色戒》里。在电影中，女主角因为“鸽子蛋”戒指动容，暗示男主角逃走，原定的暗杀计划破败，女主角与友人全部被捕并被当夜枪杀。这千钧一发的画面，就发生在上海南京西路的珠宝店，而不远处，就是女主角常去的咖啡馆“凯司令”。原著中，祖师奶奶张爱玲如此描写它：

> 到公共租界很有一截子路。三轮车踏到静安寺路西摩路口，她叫在路角一家小咖啡馆前停下。万一他的车先到，看看路边，只有再过去点停着个木炭汽车。这家大概主要靠门市外卖，只装寥寥几个卡位，虽然阴暗，情调毫无。靠有个冷气玻璃柜台装着各色西点，后面一个狭小的甬道灯点得雪亮，照出面的墙壁下半截漆成咖啡色，亮晶晶的凸凹不平……她听他说，这是天津吉士林的一号西崽出来开的。

在蓝登书屋（Random House）出版的英语版《色戒》中，凯司令咖啡馆被翻译为“Commander K’ai’s Café”。今天已有近百年历史的凯司令，依然在红底招牌上有个大大的“K”字。这位 Commander K’ai 何许人也？

凯司令：上海的缩影

凯司令创始于1928年。据近年刚故世的上海名媛作家程乃珊回忆，它最初是由三位上海西点师花费八根金条合伙开办的，三位合伙人中包括当时上海知名的德国总会西点师凌阿毛，以及天津吉士林西饼店的领班。由一位下野的军阀协助三人选定了店面，为了感谢这位军阀而取名“凯司令”（Commander K）。据程乃珊称，凯司令最初是间酒吧，之后才发展成为一家集西点、西餐、咖啡馆为一体的综合型西点公司。

凯司令招牌。来源：维基百科

又一说店名意为纪念北伐军凯旋，并暗喻在商业竞争中长盛不衰。这个传说里的凯司令不但没有与天津吉士林西饼店合作，反而吉士林还状告凯司令仿冒他们的招牌，结果是凯司令胜诉。全面抗战爆发后，天津沦陷，吉士林转到上海，也在静安寺路上开了一家咖啡馆，供应德式西菜、西点和咖啡。

为什么张爱玲要挑选凯司令作为故事中重要的地点呢？学者认为，这家咖啡馆实际是这座城市的缩影，这个暗潮涌动的“老地方”在一个相对不起眼的角落，室内也阴暗陈旧，让男主角不会遇见熟人，实则已到处布满眼线；隔壁不远就是那家看来更不起眼的印度珠宝店，橱窗里空无一物，招牌上虽有英文“珠宝商”字样，也看不出是珠宝店，这就是所谓十里洋场的暗影。而它的地理位置，在“远离外滩的繁华而在公共租界西端距法租界不远的静安寺路西摩路口”，这里不仅是一个适合作暗杀行刺的地点，更是租界秩序的灰暗地带。

租界法律由多方协商运行，由外国法律管辖区、中国政府管辖区、市政条例法规组成，在协商中留出许多钻空子的机会，譬如《色戒》中汪精卫政府的特务活动，又如反汪政府的爱国组织。早期中国共产党之所以能成形于上海、展开地下活动，也是依托租界的环境。

叶文心教授曾指出，直到 1922 年底，中共上海组织的活动几乎都在法租界运作。尽管巡捕房始终未曾放松对共产党的监控，但与其他地区严酷的政治环境相比，上海法租界在治外法权（extraterritoriality）的规定下，中国政府失去管理权，一切行政权皆归领事，因此是个能“提供政治避难”的区域。另外，法租界的巡捕房很早就是中国巡捕撑世面，因此地下组织很容易渗透。上海黑帮大亨由巡捕起家不说，共产党人被拘捕后，最后判决不过是罚款、驱逐出界了事。

《色戒》故事发生时的上海也处在历史交界口：已经不再是 20 世纪二三十年代最辉煌的时期，1941 年太平洋战争爆发，日军当天就开始占领全部租界，结束租界自治局面。

日军占领租界后将全部外侨统一管理，犹太人集中到虹口隔离，不得外出。法侨、瑞典、瑞士、白俄等中立国居民继续自由生活，但生活用品采取配给制。德侨算是盟国人士照旧生活。英美荷兰算敌国居民，全部关进江湾集中营。

1937 年的淞沪会战中，日军将公共租界北区和东区作为进攻中国军队的基地，并以海军陆战队代替租界巡捕，公共租界在事实上被分割成两部分，苏州河以北地区成为日军控制的势力范围。战争之后的变化如此之剧烈，难怪许多回忆都伴随着一种无根感和对未来的不确定。上海的繁华是畸形的繁华，是在滚滚向前的时代巨轮下的一阵颠簸。一切都有种不真实的危机感，好似知道时日将近，不得不郑重光鲜地活着。

上海人也经常自嘲：上海从来没有出过大事物大人物，因此近世的这番半殖民地的罗曼蒂克，是暴发的、病态的、魔性的，是西方强权主义在亚洲的节外生枝。木心曾在《上海赋》中这样总结上海的租界时代：

> 从前的上海哟，东方一枝直径十里的恶之华，招展三十年也还是历史的昙花……1943 年英美政府放弃了在中国的全部租借权，二次大战结束，租界归还中国，此后的四年，气数是衰了，上海人仍然生活在租界模式的残影余波中，怎么说呢，别的不说，单说英国在上海的投资，1949 年尚高达三亿英镑。

但诚如近来的上海史研究开始提出的，过去习惯强调上海开埠的 1843 年，突显了《南京条约》的重要性，仿佛将这座城市在 1843 年之前的历史一笔抹去，制造“小渔村”

被纳入国际视野的迷思。然而，假如上海在开埠前果真是租界话语中的“小渔村”，又怎会被英帝国相中？在这之前，上海本身的地理环境和历史进程已经显示出潜在的发展可能。它后来所呈现的，应该是一种通融天时地利的生命力，得以在协商环境下产生现代城市的自治性[①]。

在过去，都是“世界”来到这里

话说回凯司令，“文革”中，凯司令曾被改名叫作“凯歌”。1949 年公私合营，凌阿毛之子任私方经理，后在“文革”中自杀。1960 年代凯司令成为国营企业，又于 1990 年代转制，历经数次改造传承至今。这则故事自然不会被宣扬。

李安在电影中处理的光影，精致归精致，但少些“泥沙鱼龙声色犬马的诡谲传奇”，多些落寞，仿佛是被大时代遗忘的角落。汤唯在窗边补搽香水，粉面凝着不被历史记载的挣扎和欲望。个体生命固然带着时代印记，但经历着大时代

---

① 历史学家华志坚（Jefferey Wasserstrom）在其作品《全球化的上海》（*Global Shanghai: 1850-2010*）中即曾尤其犀利地指出这一点。

凯司令外景及招牌。

的人依然经历着平凡时代同样的悲喜爱望。

凯司令这个地方，也让人莞尔，挂着“中华老字号”的牌子，但卖的却是西式糕点。上海人说起来，总是不以为然：海派文化嘛，集各地之大成。所谓海派，是上海师傅采用本地食材，结合本地人的口味，或者在传统工艺上注入西方元素而成。电影《色戒》出名后，店里也多出张招牌，表明此地正是《色戒》中咖啡馆的原型。

直到今日，一楼外卖部的点心依然美味：凌阿毛之子早早过世，但他留下了好徒弟，从 1980 年代至今依然能做出地道的滋味。牛油角、掼奶油、栗子蛋糕……而且价廉物美，也是凯司令仍旧能获得较高认知度的理由之一。上海作家西坡曾回忆，当其他西饼店已经消灭了 1970 年代蛋糕的“三元价格”时，凯司令还在卖一元二角一个的咸棍面包和两元一个的牛油面包。那里的“大雪藏”（枕头蛋糕），因为分量足，收敛一点，可以吃上一个星期。许多老上海依然执着地相信凯司令这样的老牌子，不但要约在那些地方碰面显示郑重，也愿意带一包点心回去细细回味。

凌阿毛当年的诸多创新中，就包括享誉上海滩的栗子蛋糕，栗子蛋糕也成为凯司令的招牌西点。

程乃珊写栗子蛋糕，认为《红楼梦》里就提到过中式的制法：在第三十七回中，袭人差老宋妈妈给史湘云送两个盒子，一个是鲜果，一个就是桂花糖蒸新栗粉糕。所谓正宗的栗子蛋糕，整个蛋糕身没有一点面粉，全部是用栗子泥堆成，只有底部是一层薄薄的用六谷粉（玉米粉）烘成的硬底，整个蛋糕身呈球盖形，然后用鲜奶油由上至下像丝带一样裱出各种精美的花纹，中间嵌一个艳红的樱桃。因为没有面粉，蛋糕身容易塌落，所以栗子蛋糕都做不大，最多五英寸（约 12.7 厘米），而且一旦切开就破相了，只有外行的人才会嘲笑“上海人真小气，买个蛋糕还买那么小”。

另外，栗子蛋糕不太甜，实在是很具海派代表性的西点。可惜如今的栗子蛋糕是用面粉做的，栗子就像奶油一样裱在上面，外形也与其他蛋糕没有区别。按程乃珊的话说，这只能算栗蓉蛋糕，认为是师傅功力不够，怕蛋糕塌下来，才出此策。而且现今很少看见原尊的栗子蛋糕，大多是直接装在塑料盒子里，吃起来要像吃冰激凌那样用勺子挖来吃，腔调也没了。

身为“80 后”的我，没有机会品尝到当年栗子蛋糕的风华，但凯司令如今的口味也足以令人回味。我在欧洲生活时品尝过各式栗子蛋糕，总偏心地觉得不如上海凯司令的。

凯司令栗子蛋糕。

那一口香气馥郁，多年之后，想起来依然心头温酥。

凯司令的栗子蛋糕、红宝石的奶油小方、国际饭店的蝴蝶酥，这三样都是上海人依然津津乐道的老字号西点，在都市琳琅满目的咖啡馆和甜品店里，也在上海人的心中独占特殊地位。大家说起它们来，仍带着些矜贵神情，只念其过去的风貌，在很可能早已失传的配方中回味曾经令他们引以为傲的辉煌都市。

如同石黑一雄的小说《长日将尽》(*Remains of the Day*)中骄傲的管家面对来自美利坚的新主人让他放个假、出去看看世界的感叹：

> 您可能有所不知，在过去，都是“世界”来到这里。

与如今诸多华而不实的西点店相比，凯司令不仅代表一种对逝去洋场之风华矜贵的怀念和想象，也代表对逝去的淳朴和温暖人情的贪恋。似乎每一口点心都是一座天地，包容悲喜，在或大或小的命运和动荡中，酝酿希望。

就像张爱玲对邝文美说的，“愿你的一切烦恼都是小事故”。

罗宋汤与流亡上海的故事

“金必多”“罗宋”二汤与流亡上海的祖父

祖父生前曾任财政科长，以精明算计著名。上海人讲究吃西餐，他自然也不能免俗；但考虑价钿，法国菜这样的大菜极少去，多吃的是俄国菜。排场看起来不会差，好处是罗宋汤大碗，面包放开吃。他表率了东道，客人尝到了实在，宾主尽欢。每次讲起来，父亲总笑得不行：“简直就是巴尔扎克的葛朗台！”——英法作家的典故信手拈来，丝毫没有掉书袋的意思，不过是日常；要讲洋气，光吃西餐是不够的，翻译小说也从20世纪初一直时兴到今。

俄罗斯菜在上海并不与这座城市引以为豪的“洋气”沾边。如老克勒木心写，“俄国菜”究竟不属正宗洋味，若要尝尝法式大菜，亚尔培路“红房子”，波尔多红酒原盅焖子

1885年，俄罗斯帝国驻上海总领事瑞丁（M. Reding）及其夫人。来源：http://www.virtualshanghai.net/

鸡，百合蒜泥煽蛤蜊，羊肉卷莱斯。再则格罗希路“碧萝饭店”，铁扒比目鱼，干酪煎小牛肉。就算是霞飞路DDS的葱头柠檬汁串烧羊肉，也真有魅力，虽然DDS更有名的是满街飘香的咖啡。又，上海人称“西餐”为“大菜”，要的是那个时髦风光；但沪语之自嘲，若被老板训斥，也作“老板请侬吃大菜”。

但罗宋汤也是当时上海滩食客津津乐道的两道汤品之一，另一道则据说是“金必多汤”。后者用鱼翅鸡茸加奶油，由宁波厨师创制出来，“以徇前清遗老遗少、旧派缙绅的口味”；相较之下，罗宋汤对上海人而言则属于平民汤品，与流亡白俄联系在一起。因为白俄在上海的地位并不高，在本地人中间有“罗宋瘪三”的说法，其中罗宋就是“俄罗斯”（Russia）的音译。“罗宋汤”也是Russian soup的音译。

这两道汤并行，也表明上海被拥护的文化来源：一来江浙缙绅，二来欧美混杂。说起来20世纪七八十年代的时候，上海滩的木匠师傅也都读简·奥斯丁，可以顺口道一句“她还可以，但还不足以打动我的心”，达西先生的矜持傲慢加谦谦风范简直活灵活现。但就到此为止了，刘别谦（Ernst Lubitsch）电影《小店鸳鸯》（*The Shop around the Corner*, 1940）里那种为“high literature”（高雅文学）痴迷的却少见。外来文化在上海也被本土消化，默默地分成几等，如今上海人还觉得法租界和公共租界地区相较高级，称“上只角”，闸北等租界以北则是“下只角”，以此来划分在不同区域居住的自己人；殖民拟仿[1]之不觉自嘲。

罗宋汤的做法：海派炒面粉

罗宋汤是一道斯拉夫菜，在乌克兰、俄罗斯、波兰、立陶宛等地有不同演变。最早的材料是马齿苋；英文名字通常叫作 Borscht，来源于阿什肯纳兹犹太人意第绪语，盖阿什肯纳兹犹太人受到东欧邻居的影响而来。

各国各地的用料不一，从甜菜、圆白菜、洋山芋、洋葱、番茄、牛肉到奶油不等。在东欧，罗宋汤大多以甜菜为主料，常加入马铃薯、红萝卜等蔬菜熬煮，因此呈紫红色。有些地方以番茄为主料，甜菜为辅料。也有不加甜菜，加番茄酱的橙色罗宋汤和绿色罗宋汤。在波兰，甜菜汤也是圣诞菜品之一。也有甜菜凉汤，因为加入酸奶油而呈娇嫩的粉红

---

① Colonial mimicry，文学批评家霍米巴巴（Homi Bhabha）提出的概念，指被殖民者如何将殖民者的行为和价值观念加以挪用复制，介入殖民支配的模糊空间。

色，据说由立陶宛大公发明：以黄瓜、酸黄瓜、甜菜为底，以莳萝调香。

罗宋汤传到上海后，上海人按自己口味将其改良了，因为红菜头并非本土作物，上海人也不习惯它的味道，故而用卷心菜替代，用上海本地特产梅林番茄酱[①]调制汤色并且增加甜味。上海罗宋汤的一般做法是先将番茄酱用油炒过以去掉酸味，再加入白砂糖，从而达到酸中带甜的效果。比较讲究的则以牛肉汤为汤底，在简餐餐厅的则一般用红肠、洋山芋等材料，这不但是20世纪八九十年代上海快餐店的记忆，也是当时中小学食堂常有的菜式。在《纽约时报》的《游荡在上海的俄罗斯幽灵》（The Ghost of Russia That Haunts Shanghai）一文中，作者历数俄罗斯对上海的影响，也提到这道海派罗宋汤。

像许多当地语系化的菜品那样，罗宋汤的改良中最有

---

① 梅林为上海本地老字号，1930年代研发出中国第一瓶国产番茄酱，从而闻名。后来以地方特色结合西方花色的罐头著名，包括梅林午餐肉、梅林香菇肉酱等。1993年，该厂向当时的人民政府注册并正式对外使用由盾牌图案、中文“梅林”字样及罗马文“MALING”组成的梅林商标。1997年上海梅林罐头食品厂与上海食品进出口公司、香港贸基发展有限公司共同投资创建了上海梅林食品有限公司。

本地特色的一点在于炒面粉，以增加汤的稠度。不只是罗宋汤，其他西餐凡是原配方该用奶油的地方，海派改良里都用炒面粉代替。最初是因为缺乏奶油，而面粉则是便宜经济的代替品。但炒面粉本身成了一种海派西餐的特色。我在英国读书时曾一度热衷分享食谱，有一次做了罗宋汤，说自己加了厚奶油（double cream），口感浓郁润滑，但好像缺了什么；朋友问：是不是缺了炒面粉？我笑答朋友：在上海之外，一般罗宋汤其实都不加炒面粉，应该加奶油！说话当时，自己也笑：一个因地制宜的法子，却被上海人认为是不可或缺的秘方。

但的确，炒面粉代替奶油虽然听起来不搭调，却有特殊的烟火香，与番茄的酸甜、牛腩的肥厚、卷心菜的生辛融合得恰到好处。木心说上海的罗宋汤“大抵也有炒香了的面包屑，所以分外浓郁可口”，说的也是这一点。原本因为经济原因而生的下策，倒成了特殊配方，铁锅里冒着浓得化不开的乡愁。

流亡上海的沙俄传奇：保镖、面包、妓女和沙龙

这特殊配方，要归谢流亡上海的俄罗斯人，一般通指白俄。

白俄并不是白俄罗斯（Belarus），而是指与拥护共产党和红军的红俄相对的俄罗斯人：十月革命中选择忠于沙皇的被称为白俄，选择跟随共产党的则被称为红色沙俄。在1937年，共有两万五千多名白俄生活在上海，是人数最多的欧洲群体，也是仅次于日本人的第二代外国居民。其中许多人原先都是沙俄贵族，在十月革命之后失去了原有的地位、财产、生活甚至家园，最后被迫离开俄国；那些与欧洲有更多联系的人则去了欧洲（好比在《唐顿庄园》中所描绘的那样），其余的则穿过西伯利亚来到海参崴东岸的中国，定居于哈尔滨或其他租界地区，如天津或上海。

1922年十月，海参崴沦陷。忠于沙皇的斯塔尔克海军上将（White Commander Admiral Oskar Victorovich Stark）带着三十艘船、据说多达八九千名难民逃离俄国前往远东，但在朝鲜元山港受到日本警察的阻拦，因为其中有一半船只已不适航。剩余的难民继续前行，虽曾遭到强台风袭击而有两艘船葬身海底，但三千名难民总算于十二月顺利驰抵吴淞口。

当时的上海虽被誉为自由港口，进出却并不如他们所想的那么自由。首先，难民的抵达使中国官方和上海租界当局慌乱不堪。所幸的是通过协商，各方都愿意合作。俄国驻上海领事格罗思（Victor Fedorovich Grosse, 1869—1931）临时建立起非正式的俄罗斯移民委员会（Russian Emigrants Committee, REC），通过俄罗斯救援会（Russian Aid Society）这样的组织获得支持；上海的别发洋行（Kelly & Walsh）[①] 为难民提供洋行所在建筑作为住宿，另提供每日两餐，协和万邦堂（今上海国际礼拜堂）[②] 也设立慈善厨房（soup kitchen）。然而，已经在上海的俄罗斯群体有七百人左右，多是中产以上的商人或领事馆工作人员，并没有对难民表示特别的欢迎。国际

① 别发洋行（Kelly & Walsh Ltd.）又名别发书店，是19世纪60年代成立于上海的英语书籍出版公司，目前在香港作为专业艺术书籍专卖店存在。20世纪中叶曾在中国香港、新加坡、日本东京和横滨都有分支机构。日本占领上海期间，别发洋行迁往香港，最终出售给香港书商辰冲图书（Swindon Book Co. Ltd.）。辰冲图书曾是中学西传的重镇，初以引进英美德法出版的各类新书为主，后又致力于出版中国文化典籍的英译本、相关工具书和专著，其中影响较大的有辜鸿铭《论语译英文》、库寿龄《中国百科全书》《官话指南》、翟理斯《聊斋志异选》、波乃耶《中国的节奏与韵律：中国诗歌与诗人》、林语堂英文小说《京华烟云》中国版等，还发行《皇家亚洲文会北华支会会刊》《中国评论》等。见陈子善：《闲话别发印书馆》，《苹果日报》2013年10月13日，http://hk.apple.nextmedia.com/supplement/apple/art/20131013/18461262。检阅日期：2017年1月15日。

② American Community Church，1920年代由美国侨民在上海组成的联合教会，当时俗称美国礼拜堂，后改名国际礼拜堂。

联盟（League of Nations）[1]曾对难民生存状况作过调查，并认为他们的情况令人担忧，但即便如此，白俄难民也不愿回到俄罗斯。

由于布尔什维克的政权交替，苏俄政府在1921年废除了所有政治流亡者的公民身份，白俄遂成为无国籍者，大部分人所持有的唯一证件只有国际联盟签发的难民旅行证件内森护照（Nansen Passport）。由于缺乏正式的身份，他们不能享受上海租界地区的治外法权，必须遵从中国法律，也不被华人或外国人社区完全接受。白俄难民的实际生活状况与过去白人在上海拥有绝对特权的景象截然不同。

留居上海的白俄难民从事的职业包括警察、保镖、经营餐馆和咖啡馆，还有娱乐行业。章君谷在《杜月笙传》一书中写到三个白俄，“是杜公馆的三位少爷：杜维藩、杜维垣、杜维屏的贴身保镖。其中为首的一个名字叫康士坦丁·铁诺夫（Constin Teelov），杜公馆的人叫不来，于是一概称他：‘江苏省济南府’。”张绪谓在《乱世风华》一书里头，则写了他家在跑马厅雇用的三个白俄：“老骑师沙克劳夫出身是

① 国际联盟（1929—1946）是第一次世界大战后各国成立的第一个国际和平公约组织。

Une demie Compagnie Auxiliaires Russe

俄罗斯警务辅助队在法租界合影。来源：http://www.virtualshanghai.net/

哥萨克骑兵队长，两个儿子都是骑师。”

对请不起骑师和保镖的普通人而言，更常在餐馆和咖啡馆接触到白俄。张爱玲在《谈吃与画饼充饥》一文中回忆道：“离我学校不远，兆丰公园对过有一家俄国面包店‘老大昌’（Tchakalian），各色小面包中有一种特别小些，半球形，上面略有点酥皮，下面底上嵌着一只半寸宽的十字托子，这十字大概面和得较硬，里面掺了点乳酪，微咸，与不大甜的面包同吃，微妙可口。”

老大昌在上海人心目中是老字号，上海美食作家沈嘉录先生猜测它最早由法国人经营，因为在车间遗物中找到看不懂的洋文或长翅膀的小天使，其实是俄罗斯人所开。老大昌原名 Tchakalian Brother's French Bakery，位于法租界亚尔培路（Avenue du Roi Albert，现陕西南路）。官方的“上海档案信息网”将老大昌的渊源记录为法国面包房，其实是俄罗斯的亚美尼亚移民开设，经营法式兼俄式烘焙。考虑到当时流亡白俄在上海的生存状况，要在法租界招揽顾客的白俄面包房才以法式烘焙作为招牌，以期融入欧洲群体吧。

沈先生读中学时按照最高指示的要求须学工学农学军，因而被安排在老大昌劳动。他回忆道：

老大昌旧照。来源：http://avezink.livejournal.com/27314.html

老大昌在“文革”中更名为红卫食品厂，我们在二楼包装糖果，贴隔壁就是一条糖果生产流水线，一阵奶香，一阵果香，熏得我们这班穷小子晕头转向，口水连连。不久我与另一名女同学被安排到淮海中路、茂名路转角上的门市部参加劳动，不是当营业员，而是借了蛋糕车间一隅，给一部自动糖果机描图纸。一直堆到天花板上的纸质蛋糕盒子也是五六十年代订制的，我拉过一只一屁股坐上去，咿，坚如磐石啊。老大昌还有一种肉馅煎饼叫匹若叽（pierogie），老金黄色，疲软作布袋形。我因为是油煎的不易消化没买。多年后在日本到一家土耳其人家吃饭，倒吃到他们自制的匹若叽，非常好。土耳其在东罗马时代与俄国同属希腊正教，本来文化上有千丝万缕的关系。

张爱玲后来到了香港，也想念上海的白俄面包房：

1960年间回香港，忽然在一条僻静的横街上看见一个招牌上赫然大书Tchaka-lian，没有中文店名。我惊喜交集，走过去却见西晒的橱窗里空空如也，当然太热了不能搁东西，但是里面的玻璃柜台里也只有寥寥几只两头尖的面包与扁圆的俄国黑面包……我买了一只俄国黑面包，至少是他们自己的东西，总错不了。回去发现陈得其硬如铁，像块大圆石头，切都切不动……好容易剖开了，里面有一根五六寸长的淡黄色直头发，显然是一名青壮年斯拉夫男子手制，验明正身无误，不过已经橘逾淮而为枳了。

白俄从事娱乐产业也是沪上出名的：白俄男子在夜总会演奏，白俄女子则伴舞，甚至从妓。历史学家贺萧（Gail Hershatter）指出，截至1930年代，共有八千名以上白俄在上海从事性交易。1935年国际联盟在调查白俄群体贫困问题时指出，在16到45岁之间有22%白俄女性卖性为生。就连张爱玲在描绘一间公寓的拙劣品味时也和白俄妓女联系起来："房间里充满着小趣味，有点像个上等白俄妓女的妆阁。把中国一些枝枝叶叶衔了来筑成她的一个安乐窝。最考究的是小橱上的烟紫玻璃酒杯，各式各样，吃各种不同的酒。"

但在这层通常印象之上，上海的白俄也形成了一个以文化与艺术为主的群体。当时上海60%以上的交响乐队成员都是俄国人，1934年的工部局交响乐队，45名队员中，

"Please Come In: I Have Been Waiting For You," She Said in a Low Husky Voice.

漫画中的上海白俄姑娘。来源:《泰晤士报》(1936年9月5日)

白俄舞女。来源: http://www.virtualshanghai.net/

有24名为俄国侨民。西伯利亚出生的作曲家阿甫夏洛穆夫（Aaron Avshalomov）曾根据沪上生活经验谱写作品，在巴黎享有盛名的声乐家维金斯基（Alexander Vertinsky）战时困在上海并曾演出，在上海长大的英国芭蕾演员玛格·芳登（Margot Fonteyn）也曾在上海跟一位俄罗斯教师乔治·冈察洛夫（George Goncharov）学舞，后者曾在著名的波修瓦芭蕾舞团（Bolshoi）担任舞者。在他们的带动下，歌剧、芭蕾舞在上海盛极一时。还有不少俄侨音乐家教授音乐，如张爱玲的钢琴老师就是白俄。甚至有任教于中国的最高音乐学府——国立上海音乐专科学校，如著名钢琴家鲍里斯·查哈罗夫（Boris Zakharoff, 1888—1943）就于1929年经工部局乐队首席小提琴家富华推荐，由校长萧友梅聘请担任钢琴科主任，月薪四百元（普通教授约为两百元）。

1930年代上海滩上许多文学沙龙也由白俄组成，成员包括画家、演员、作家、记者、芭蕾舞演员。他们有时给聚会定主题，如“与百无聊赖的征战”（Fight against Boredom），这是一首献给这个沙龙的诗作的名字，形象地表达了这个沙龙和这群白俄艺术难民苦中作乐的态度。他们怀念十月革命之前的生活，在上海生活的艰难几乎被刻意隐

在上海的俄罗斯下午。来源:《时代周刊》

去。1937 年 2 月 10 日，普希金铜像于诗人逝世百年纪念日在祁齐路（今岳阳路）落成，今天仍矗立于上海西区。

1930 年代前期，在沪的俄罗斯人并没有介入政治。然而 1930 年代后期开始，从伪满洲国抵达上海的俄罗斯人改变了这个状况。他们并没有像先前的俄罗斯人那样入驻法租界，而是入驻劳工阶层为主的虹口，带来了日本殖民统治下的政治文化，包括敌视犹太人、法西斯主义和亲日军。1940 年代后期，随着国内战争形势加剧，白俄群体开始离开上海。一部分年轻人去了澳大利亚，有些去了阿根廷，有些人改投苏维埃政府（包括音乐家维金斯基）。1949 年后，联合国的难民组织介入，将五千名无国籍的俄侨送到了菲律宾的美军基地。经过两年的游说，华盛顿终于允诺他们美国签证，从旧金山抵达美国。

岁月的浓稠与酸甜

和流亡上海的白俄一样，许多同胞也是因为战争才抵达上海，祖父就是流亡人群中的一员，也就有了开头所说的罗宋汤宴客的故事。

祖父少时随家人流亡到上海，从小就去商店学徒，倒也

上海岳阳路口普希金铜像
（田昊摄影）。

学会一套出色的算盘功夫。抗日战争刚开始的时候，祖父还没满20岁。像当时的许多热血青年那样，他积极投入抗争运动，尤其帮助救援因为战争而沦落为孤儿的孩子们。上海沦陷为“孤岛”之后，祖父将那些孤儿组织起来成立了“孩子剧团”，带领孤儿音乐演出振奋他们的精神，还亲自作了不少曲。当时中共曾发起一些在中共组织之外的“外围人员”为其效力，祖父被选中作为“上尉指导员”参战，离开剧团去了浙江战线。父亲常调侃，祖父那副文弱迟疑的样子，像果戈理小说《外套》中的九等文官，完全想象不出他是如何毅然决然地离家出走、奔赴战场的。日军在温州登陆后，祖父所在的部队被日军击溃。祖父失去了组织，流落在浙江国统区。后来凭他的算盘功夫和吃苦精神，在当地银行里找到了工作。

抗战后他回到上海，继续倾向“进步”，又参加了中共外围的组织，满心喜悦地迎来改朝换代，参加了军管会，参与接管上海。可是他不知道的是，“组织”从来没有把他作为党的一部分。据说当年带他到浙江部队的领导对他有个亲笔批示：“此人小资产阶级习气极其严重。”更严重的是，有

祖父为孩子们作指挥（作者家人提供）。

个祖父曾经亲近的朋友被怀疑是托派[①]，祖父也就捎带被内部定性为“托派嫌疑”，属于控制使用。由于始终无法施展政治抱负而郁郁不得志的祖父，去世时依然抱憾。

在祖父过世的周年纪念日，父亲曾写过一段话，令人读之感慨并为之心痛：

> 当年那么勇敢选择自己生活道路的父亲，后来一直是处在“不被选择”的状态几十年。在他当年为之贡献青春的新世界。

当年十里洋场的辉煌是由许多曲折烘托出来的。霓虹影影绰绰，也闪烁着许多白日里看不见的辛酸和流亡。流亡上海的白俄为生计开设餐馆，每一瓢汤中是否也带着他们流离的乡愁？一个族群的乡愁成就了一座城市的传奇。外国人流亡到洋场，中国人流亡到洋场，一样讨生活；国破、家亡、理想破灭，煮一锅酸甜稠腻的罗宋汤，饱足又欢喜，继续活下去。

---

① 托洛茨基主义（Trotskyism）的支持者，斯大林当政后遭到清除的派别。

法租界的红房子西菜社：不曾融化的火焰冰激凌

去年有朋友从美国到纽约大学上海分校教书，我问他需不需要在租房上帮忙，对方得意地回答：不用，我已经在法租界找到房子了！我暗暗给了他一个赞，看来碰到了“懂经”[①] 的人。

如此这般世界通（cosmopolitan）的国际友人来上海住，似乎都喜欢住法租界；上海人自己聊起来，也觉得法租界是上海的骄傲，认为法租界是上海西化和洋派的代名词，被视作本土文化的一部分，尤其代表一种通融世界的生活态度与生活方式。美国作家邝丽莎（Lisa See）在其畅销书《上海女孩》（*Shanghai Girls*）里也借二战时逃亡到唐人街的上海

① 上海话，意为明白事理、拎得清、知晓信息。

法租界今景。

小姐口吻道:“看他们早餐吃酱菜稀饭我们有点不习惯，因为我们在上海的时候早餐都是咖啡和西点。”儿时看外祖母准备早餐，也总是用燕麦片加切片面包，面包要在炉灶边烤过，经常会烤焦，这是她在烤面包机被没收和禁止的时候学会的替代法。后来看别人回忆康有为女公子康同壁的点滴，原来对那一代以坚持生活方式对抗环境的人而言，学会用铁丝和炉灶烤面包是他们的共同智慧。

在如今的淮海路、南京西路、长乐路行走，依然可见所谓“法国梧桐”两排成荫，哪怕盛夏烈日也显静谧；树影照见雅旧洋房和店铺。法租界也有大手笔，诸如徐家汇天主堂、天主教藏书楼、徐汇公学和社会科学院等，现在依然是城市地标建筑，也代表着一种现代城市规划的理念。

而法国餐厅就是最能代表这一具有市民社会意味的租界缩影。在老牌法国餐厅中，似以“红房子”最为传奇和闻名。

“焗蛤蜊”和“火烧冰激凌”背后的战争与硝烟

位于现在淮海路上的“红房子”，原名“罗威饭店”(Chez Louis)。1935 年由意大利人路易·迈路 (Louis

Rovere，一译路易·罗威）开设，店址在霞飞路（今淮海中路 975 号）。太平洋战争爆发后日军占领法租界，路易因是犹太人，被投进集中营，餐厅也随之关闭。1945 年二战结束后，路易重获自由，也继续留在了上海，并在亚尔培路（今陕西南路 37 号）买下两间店面继续经营西餐，西文名依然是 Chez Louis，但中文名改为“喜乐意”。

1950 年代喜乐意盘给了上海人刘瑞甫，继续经营西菜。因附近红色砖瓦房仅此一家，上海人都俗称之为红房子，于是在重新登记注册时就索性用了红房子这个名字。但另一种流传的说法是“红房子”得名于戏剧名伶梅兰芳：相传梅兰芳与老板刘瑞甫、大厨俞永利为老友，某天餐后闲聊时，刘瑞甫表示为店名烦恼。因为随着新中国人们的思想觉悟提高，建设新中国翻身做主人的店主认为，大家都在满腔热情地为新中国添砖加瓦，而作为上海滩的西餐翘楚，“喜乐意”三个字的店名很不切合形势。听到这里，梅兰芳便灵机一动指着大红门楣与大红门楼道：何不命名为“红房子”？由此，“喜乐意”西餐社便更名为更“响当当红火火”、更符合社会主义新中国形势的“红房子西餐社”了。

但无论新中国成立前后，红房子在上海人心目中始终占据特殊地位，因为该店曾有一批深谙西餐之道的厨师，吸收

红房子内景。

中国传统烹饪技艺，所烹制的菜肴别具一格。现在回想，那些菜式都历历在目，可见印象之深（也因为家人时常提起）：海鲜杯、焗蛤蜊、牛尾汤、麦西尼鸡、乳酪焗鳜鱼、天蓬牛排、沙勿来和火烧冰激凌等。根据1999年出版的《上海掌故辞典》记载，该店新创“焗蛤蜊”最负盛名。焗蛤蜊，据名而知，是从标志性的法菜焗蜗牛改创。1946年，由于法国蜗牛缺货，该店厨师就取用蛤蜊代替，经多次试验，做出焗蛤蜊比焗蜗牛还要鲜美，应市后广受青睐。这种融汇中西的才能，也是所谓“海派”的特色吧。

红房子是很多上海人的西餐启蒙，可以说大部分人对于西餐的回忆都与红房子有关，我也不例外。外祖母家的长辈不少是民国时期的外交官和报人，不少早早赴美任教，也有的通过庚子赔款留学时与胡适同窗，后在国民政府任职。因为祖辈革新意识强烈，不留传统，好像张爱玲笔下的调笑：“这家人是洋务派，漱口水都要用李施德林。”小时候西餐的口味和礼仪都是她点滴提醒，譬如喝汤时要由里向外浅舀，而下午家人一起用咖啡和点心也是最温暖的回忆。另外，家里保留了热中宴客的传统，也总是借机去饭店为大小缘由庆祝，听她说过好多次红房子曾经的风华。某次举家出游时临

左方为外祖母，右边则是外祖父母在法租界拍摄的结婚照（作者家人提供）。

时起意去红房子，至今记得当时外祖母脸上难以言喻的孩童般的兴奋。但不巧的是当时餐厅因为装修而停业，不得不换去别家中餐厅。最终因为种种原因，直到外祖母去世，都未能成行。尽管她努力克制，不让失望表现在脸上，但那种情绪溢于言表，感染了所有人，包括童年的我。因为失望的根源远不止于一次错过。当年和她一起去红房子的表妹，在“文革”中自杀，她自己也被困牢狱多年。小至一羹一碟，那不仅是对逝去的家人和生活的回忆，更是对食物背后的价值、规则和理念的认同和坚持，以至对既有秩序的反抗。

当然，也有愉快的回忆。据说当时红房子西菜社的二楼全部铺设地毯，在 1980 年代百废待兴的上海还算少见。当时红房子有一道招牌菜：火焰冰激凌，在冰激凌上浇一遍朗姆酒随后点燃；雪白的香草冰激凌上燃起蓝色火焰，令周边人羡慕惊叹。父母时常笑着说起在我学步时曾带我去红房子，但因为我太喜欢在软软的地毯上踏步，结果错过了那道惊艳的招牌菜。后来美国冰激凌品牌哈根达斯进入上海，我曾尝过他们的火烧冰激凌，也在不同餐厅尝过火焰阿拉斯加，都不如记忆中失之交臂的蓝色火焰。

法租界风云

为何上海人对这家法国西餐社情有独钟？这也与法租界的特殊历史有关。

法租界设立于19世纪中叶，持续至20世纪20年代，历时一个世纪[①]。它是第二次世界大战时上海最晚沦陷的地区，直到1942年初仍未被日军正式占领，有大批中国居民自公共租界迁入法租界。1943年7月30日及8月1日，法租界才被汪精卫政府收回。中法战争爆发时清政府迟迟未收回法租界，北伐时也没有发动对法租界的冲击。法国政府只担心清政府会收回已臻繁荣的上海法租界，宣布中立或请俄国领事代管当地事务。太平洋战争爆发后公共租界及英租界

---

① 1844年（清道光二十四年），法国与清政府签订《黄埔条约》，规定法国人可以在通商口岸贸易居住，并可自行租赁民房或租地造房。1847年1月，法国外交官敏体尼（Louis Charles Nicolas Maximilien de Montigny, 1805—1868）被法国政府任命为法国第一任驻沪领事，并于次年1月抵达上海。1849年，领事与上海道麟桂商定划出法租界，南至城河，北至洋泾浜，西至关帝庙诸家桥，东至广东潮州会馆，沿河至洋泾浜东角。隔护城河和城墙与上海县城相望，北与英租界为邻，洋泾滨为界。

均被日军占领，而法国维希政府已是傀儡政府，日军也因此推迟了占领。

行政制度方面，法租界与英租界的侨民自治制度恰好相反，实行所谓领事独裁体制。在1862年上海法租界公董局成立之初，法国领事爱棠（Benoît Edan）托人仿效英租界制度，使其兼具行政、立法和监督的职能，领事不可干预租界日常行政事务。这种有着英国议会制形式的民主制度，与当时法国国内本身施行的行政长官制并不吻合。这种差异导致了19世纪末期上海租界的一系列冲突，直到法国外交部特别委员会制定了《上海法租界公董局组织章程》，其中规定，上海法租界的一切行政权归领事，包括巡捕房，公董局成为咨询机构而不具备行政立法权，其决议均需经过领事批准，并随时可解散。定型后上海法租界制度成为各地法租界模板，形成领事集权租界。

租界的行政管理权乃属地权，中外人士只要进入租界，都受租界当局管理。因此，尽管并非割让地，但因行政管理权属于租界国，实际相当于外国在中国的领土延伸，也就是所谓的治外法权，中国政府失去管理权甚至不能管理进入界内的本国居民。因此，法租界也成为游击队和共产党活动的区域，这也是为什么共产党第一次代表大会就在上海法租界召开。

租界的治外法权对政治活动的特别保护有更长远的历史。小刀会的左元帅曾受到美国洋行和英人协助庇护。1927年国民党镇压共产党，在法租界开业的中国医生曾庇护并且医治共产党员。租界也没有户籍制度，因此国事犯只要进入租界，中国当局就很难查获。同年，中共中央临时政治局从武汉迁至上海时，机关就设在这一地段（今云南中路171、173号）。利用各租界治理权互不超越干涉的原则，一旦在公共租界受到缉捕，就能迅速进入法租界；在法租界受到缉捕时，又能迅速进入公共租界。

如此，法租界的历史不单是租界史，也是本地史，记录和融汇了上海人在不同时期自上而下的抗争与信念。另外，法租界也代表了一种生活方式，才会有上海人对红房子这样的西餐社的情怀。因为尽管法租界的地理位置较为优越，但法国的对华贸易远不如英国的兴盛；而恰恰因为中法贸易不比中英贸易，法国主要向中外居民供给日常生活用品的零售，也集中餐厅、酒店、戏院等公共消费和娱乐场所，也因此更深入民心。上海法租界霞飞路的发展程度可与公共租界的南京路相比；一直到现在，“霞飞路”这个不再使用的地

法国学堂（école de France），现上海科学会堂。

名在上海人心中都是繁华与品味的代名词，而红房子也成为西餐和西式生活态度、包括启蒙式人文自由的代表。

从不曾融化的火烧冰激凌

但红房子能够以西餐社的身份保留至今也多亏历史的偶然性："文革"时它和所有西餐社一样遭到破坏，一度被改名为"红旗饭店"，被改造为一家"人民群众能够光顾"的餐厅。如何能够又改回西餐社？一说是当时的国家主席刘少奇在品尝了红房子的特色名菜焗蛤蜊、洋葱汤、焗桂鱼、芥末牛排、红酒鸡等之后，把店里的大厨叫了出来，对他亲切地称赞："红房子是店小名气大。"而又一说是周恩来1960年出访印度归来，在回北京途经上海时，大家想让曾在法国留学的他试试菜品，于是特邀他去"红房子西餐社"。结果，品尝了红房子西餐社独创的焗蛤蜊、洋葱汤后，周恩来表示它菜品正宗，并在以后的岁月里，无数次向中外宾客推荐。但这种说法并没有解释其在"文革"后的恢复。另一说是在1973年因为外宾对周恩来表示在上海难以尝到正宗的西餐，周恩来想到了红房子，它也成为第一家被恢复开放的西餐社。

红房子今景。

如今红房子年岁近百，说不上长，但在上海滩它是历史名店，见证了近现代史上最重要的政治角逐，其错综复杂的殖民史和战争史也包容上海本地的城市发展和沉浮，使得上海人感到有种共同进退的亲切，法租界的一草一木都是自己人。尽管上海人津津乐道的“法国梧桐”其实并不来自法国，而来自法属殖民地。

1990 年代更多西餐社进驻中国以后，成为国有企业的红房子尽管几经装修重整，也打上老字号的招牌，依然失去了曾经的味道，也难以尝到 1980 年代末、1990 年代初那种认真维持原貌的沙勿来和焗蛤蜊了。但对上海人而言，回忆的坚韧能够抵挡一切外界变迁，还原已经失落的滋味。

蝴蝶酥：从奥斯曼土耳其帝国到国际饭店

他乡遇故知

北国。苏格兰首府爱丁堡素有“北方雅典”之名，因其秉承与复兴希腊启蒙精神的缘故。但它也是世界最大的文化艺术节爱丁堡艺术节（Edinburgh Festivals）所在地，有艺术气质，美术馆琳琅，大部分免费向公众开放。

最喜欢那里的苏格兰国立现代艺术美术馆（Scottish National Gallery of Modern Art）。美术馆前身是所孤儿院，由苏格兰著名建筑师威廉·伯恩（William Burn）设计[①]，位于流水潺潺的迪恩村（Dean Village），地方空旷，清朗有灵

① 威廉·伯恩曾师从大英博物馆的设计师罗伯特·斯默克爵士（Sir Robert Smirke）；在他的设计下，现代艺术美术馆呈新古典主义风格。

托普卡帕宫。来源：Melling, *Voyage Pittoresque de Constantinople et de Bosphore, Paris 1819*; Coşkun Yilmaz Archive

1933 年的外滩。来源：法国里昂东亚学院（Institut d'Asie Orientale）

气。周围环绕古董店、画廊和咖啡馆，足够流连整天。

几年前偶然走进那里的一家法式餐厅，见到一种我在上海时惯称“蝴蝶酥”的甜品；刚好想家，又惊又喜，面对店员语无伦次，索性给她一个带着热泪的拥抱。在我——还有许多上海人——的认识中，蝴蝶酥是上海土产，是上海国际饭店的金牌点心，是酥松紧密的乡愁，是层层细细的回忆。对方也惊讶：这是典型的法国甜品，为什么会被一个中国女孩认为是她故乡的特色？

这则信息犹如晴天霹雳，我一时仍不承认蝴蝶酥居然不是上海本土货，或至少由上海人在租界时期改良某种法式甜点而来。但回去网上一查，果然，原版的法国蝴蝶酥（palmier）就是我记忆中的样子，上海人并没有进行多大改良，更别说是发明。我不免怅然失落。

全球化的今天，在东方吃到法国甜品并不稀奇；稀奇的是把它认作自家特产。虽然知道它的名字应该是 palmier，我依然称它为蝴蝶酥。

后来在英国的那几年，凡是见到面包店有蝴蝶酥，总会叫一份。有不少甜品店都做得出色，比如法国传奇大厨布朗克（Raymond Blanc）在牛津开设的咖啡馆布朗克之家（La Maison Blanc）；但在我心中，记忆中上海国际饭店的蝴蝶

购于牛津“布朗克之家”的蝴蝶酥。

酥始终独占鳌头，无可替代，哪怕我已经忘了它现实中的滋味。

蝴蝶酥的关键词

palmier 是法语“棕榈树”的意思，因为它两头卷曲舒展的样子，像棕榈树末端树冠打开的形状。尽管有个法文名字，许多人认为它发明于 20 世纪初的维也纳。认识蝴蝶酥，可以从以下几个关键词入手。

关键词之一：千层面团（laminated dough）

蝴蝶酥由多层酥皮（filo）压紧多层黄油烘烤，刷上焦糖，点缀白糖，浓郁香甜，有紧致而酥脆的特别口感。这种多层压紧的面团叫 laminated dough，有些可以包括八十层之多。面团开始只用面粉和水混合，涂上黄油后用面团刮刀（pastry scraper）折叠，再用擀面杖（rolling pin）擀得扁平，再折叠，重复多次。在千层酥皮上刷一层清水，待酥皮表面产生黏性后撒粗粒白砂糖。沿着长边，将千层酥皮从两边向中心线卷起来，切成厚度为半厘米左右的小片，排入烤盘。烘烤时面团中的水分受高温迅速蒸发，在面层压力下形成酥脆的层次。可颂面包、丹麦卷等酥皮点心使用这种千层面团，只是制作方法稍有不同，譬如蝴蝶酥不发酵，因此与可颂蓬松的口感不同。它的紧致好像是香甜的任性。

关键词之二：奥斯曼土耳其帝国

虽然诞生在欧洲，也总是与法式烘焙联系在一起，但这种酥皮点心的源头其实与阿拉伯文化有关。与其相似的中东酥皮点心有“巴克拉瓦”（baklava），源自奥斯曼土耳其帝国，由酥皮、果仁、蜜糖制成，小巧香甜，中文常译作果仁酥、果仁蜜饼等。这种点心的关键用料也是千层酥皮，其制法也源自土耳其。在中世纪的土耳其牧民中，多层面包（当时被称为 tutmac）是常见的主食，一说是因为免于发酵而省了时间，又能卷起来携带，适应游牧生活。11 世纪的突厥语中曾记录 yuygha 这个词，指折叠层次的面包，在现代土耳其语中 yufka 一词相连，意为“单层文件”。在中亚，这类千层酥甜品层出不穷，譬如阿塞拜疆就有一种叫“巴库风味巴克拉瓦”（Baki pakhlavasi）的甜品，用上五十层左右的酥皮。

据说这种酥皮实发明于如今伊斯坦布尔的托普卡帕宫

伊斯坦布尔港口。《新清真寺与艾米诺努市集》（Yeni Cami mosque and Eminönü bazaar, Conslantinople, Turkey），约创作于 1890 至 1900 年间（美国国会图书馆藏）。

托普卡帕宫外，伊斯坦布尔复兴已经有五百年历史的“巴克拉瓦兵团”（Baklava Regiment），2016年举行的活动上兵团仪仗队向市民和游客发放了两万盒果仁酥。下图为作者自摄，上图来源：http://www.ensonhaber.com/fatih-belediyesinden-baklava-alayi-2016-06-20.html

(Topkapi Palace)的御用厨房内。相传苏丹亲兵(Janissaries)[①]在伊斯坦堡驻扎时也曾排队讨要果仁酥，然后再行军，而他们行军的列队也被称为“巴克拉瓦列队”(baklava procession)。每到开斋节领军饷的时候，皇宫也会向苏丹亲兵分发这种果仁酥。

关键词之三：摩尔人

那么，这种传奇的中东甜品是怎么被带到欧洲的呢？中世纪早期，来自北非的穆斯林扩张至欧洲的时候将他们的甜品带到了伊比利亚半岛。据《牛津糖果甜食指南》(*The Oxford Companion to Sugar and Sweets*)记录，摩尔人于 8 世纪起占领西班牙和 9 世纪占领西西里时，将伊斯兰世界对甜味的喜好带到了欧洲(包括甘蔗)。13 世纪的一位无名摩尔

---

① 苏丹亲兵又称耶尼切里军团、土耳其禁卫军等，奥斯曼土耳其帝国的常备军队与苏丹侍卫的统称，继罗马帝国灭亡后在该地区建立的第一支正式常备军。早期，士兵选自被征服的巴尔干斯拉夫人，使其改信伊斯兰教并学习土耳其语。军团因严格的纪律性和凝聚力而闻名，在 15 至 16 世纪成为全欧洲步兵的模范。苏莱曼一世之后，由于军纪废弛、人数增多，战斗力下降，在 17 世纪经历了一个被称作“平民代”的过程，成为一个反动的特权集团。到 19 世纪，由苏丹马哈茂德二世在 1826 年发动吉祥事变废弃此制度。

厨师留下一则食谱，其中记载了酥皮的制法，用的是阿拉伯名字 muwarraqa 以及西班牙文 folyatil，两者都是叶片状的意思。也就是说，在欧洲流行的酥皮点心共通基督教欧洲和伊斯兰文化的渊源。

另一方面，1433 年勃艮第间谍及朝圣者贝特朗东（Bertrandon de la Broquière, 1400—1459）在土耳其南部的山中受到礼遇，对方提供给他的食物中就包括酸奶、奶酪、葡萄和千层酥。他们制作千层酥之神速令贝特朗东咋舌，他说道："他们做两枚'蛋糕'的速度比我们的华夫饼师傅摊一枚华夫饼都快。"

尽管许多记载中都对蝴蝶酥的源头莫衷一是，但因为现代法国的千层酥甜品（pâte feuilletée）出名（比如填满奶油的拿破仑蛋糕［mille-feuille］），蝴蝶酥被认为是源自法国的甜品也不足为奇。这段酥皮的香甜历史，提醒我们历史的全球性：哪怕今天看似在意识形态上针锋相对的两种文化，也曾经交融贯通，甚至留下甜蜜的脚注。

国际饭店

那么蝴蝶酥是如何得名，又如何与上海人的记忆相连的呢？这与上海的地标性建筑国际饭店有关。

国际饭店原为四行储蓄会。1922 年 7 月 11 日，大陆银行加入到盐业银行、金城银行和中南银行共同组成的三行联合营业事务所，三行联营扩大为四行联营，欲组成贴近平民的金融组织[①]。1930 年，四行储蓄会以 45 万两白银的代价购进位于上海市中心跑马厅对面的帕克路（Park Road，今黄河路）上二亩七分多的一块地皮，准备建造楼房，并将设在外滩的四行储蓄会总管理处搬过来，命名四行大厦。四行大厦自 1931 年 5 月动工至 1934 年 8 月完工，历时 3 年零 4 个月，耗资（包括地价）420 万元。地面 22 层，地下 2 层，共 24 层，高 83.8 米。

四行储蓄会原意只造大厦，建成后除自用房外全部出租，并在国内外登启事招人承办；无奈寻租失败，遂于 1933 年 3 月决定创办国际大饭店股份有限公司，并集资 80 万元。最初英文名同于中文名，后来采纳一位外国经理的建

---

① 在它成立之前，中国境内，比较著名的以储蓄会命名的金融机构共有两家：其中一家为万国储蓄会，成立于 1911 年，为法国人所创办，在上海法国领事馆注册；另一家为中法储蓄会，创办于 1918 年，原为中法合资，在天津法国领署注册及中国政府备案。1926 年改组为中国股份有限公司。

1934 年竣工的国际饭店，前面是上海跑马场，照片左侧有 Grand Theatr 字样的是同为邬达克设计的大光明电影院。
来源 : *Hungarian Review* Vol. Ⅲ , No.4

议，因其当时门前的路为帕克路，便将饭店英文名定为 Park Hotel。

国际饭店由匈牙利设计师邬达克（László Hudec, 1893—1958）设计。运用当时时兴的钢框架结构和钢筋混凝土楼板，外观简洁而层层递进，深褐色夹金，模仿纽约暖炉大楼（American Radiator Building），是典型的现代装饰艺术风格（Art Deco）。83.8 米高度在如今看来并不突出，但在 20 世纪初，国际饭店不仅是上海最高的建筑，更有“远东第一高楼”的美誉[①]。同时，国际饭店俯瞰上海跑马总会，视野开阔。这座建筑被认为是上海的经典建筑符号，邬达克本人也被认为是上海的一则传奇。

邬达克毕业于皇家约瑟夫大学（Royal Joseph University，现布达佩斯科技经济大学）[②]建筑系，但刚毕业就遇上第一次世界大战爆发。为国参军的他被沙俄军队俘虏，并送去西伯利亚战俘营。相传在转送途经中国边境时他跳下火车，辗转逃至上海，加入了一家美国建筑师公司克里洋行（R.A.

① 日本直到 1968 年才有高于国际饭店的建筑，即位于东京的霞关大楼。

② 前身为匈牙利大学，1635 年由匈牙利主教设立，19 世纪时与约瑟夫理工学院合并，后命名皇家约瑟夫大学，1949 年命名为布达佩斯科技大学，2000 年正式改名为布达佩斯科技经济大学。

1911 年在奥匈帝国的邬达克。© 匈牙利邬达克文化基金会（Hudec Cultural Foundation Hungary）

Curry)。从美商克里洋行的绘图员做起，很快就崭露头角。1925 年邬达克自立门户，成为上海滩著名的建筑设计师。如今他的设计中，沐恩堂、国际饭店、大光明电影院等一系列都是上海市立保护建筑，也是现代建筑史上的标志，其中当属国际饭店最为闻名。

国际饭店的现代风格有别于同时代的殖民式建筑，其中区别不但是建筑风格上的，更是文化态度上的。在克里洋行时期，出于考虑美国客户需要，邬达克的设计偏于古典复兴主义，譬如乔治风格的美国总会（American club, 1924）、校园哥特式（collegiate gothic）的中西女中（McIntyre School for Girls，现市三女中）和沐恩堂（Moore Memorial Church）。独立开办设计所后，邬达克开始大力推行现代主义，暂别古典复兴主义，转向装饰主义，以直线纵横和玻璃尖顶为标志。相对于 1930 年代美国大萧条时期风行的浮华装饰，国际饭店的简洁大气更偏向于欧洲现代主义：底部三层以黑色的磨光花岗岩为饰面，三至二十二层则以深褐色面砖精心拼砌成富有韵律感的花纹。整座大楼的形体强调垂直线条，并采用十五层以上层层收进成阶梯状的手法。这与邬达克的欧洲背景不可分离。邬达克的父亲也是匈牙利著名的现代主义建筑师，因此，邬达克的现代主义转变并不突然。

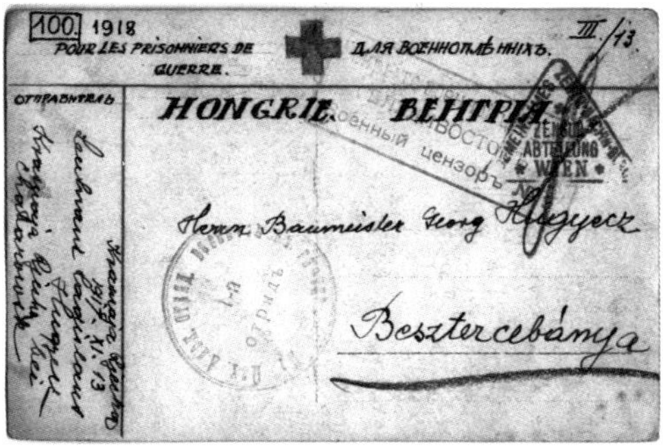

"一战"时期被俘的邬达克与狱友们于 1917 年在俄国合照，照片反面是他寄给在匈牙利的家人的手写明信片。© 匈牙利邬达克文化基金会（Hudec Cultural Foundation Hungary）

早期的美国设计所和美国客户更希望复兴欧洲古典风格，而对邬达克这样的欧洲人而言，早有与旧帝国分离的思潮，反对历史化的西方主义。他希望在建筑中表现的，是旧秩序崩溃的激烈现实，反对将西方浪漫化。换言之，邬达克设计的架构在建筑上留下了现代主义思想发展轨迹。而在当时的中国，对自我的反省恰恰是以区分（或建立）中西之别为基础的：知识分子对体制与文化的反思结果是反对儒家传统，热衷于启蒙思潮中的进步、理性和世界主义。在这样的现代主义设计中，西方／中国、进步／保守这样的二元论变得界限模糊。上海这样一座城市，在所谓半殖民的暧昧语境之中，提供了建造新典范的可能性。建筑不同于文学，没有语言的局限，能够表现文化融合而不至于受到表达方式上的羁绊。

据说当年十多岁的贝聿铭，在第一眼看到建造中的国际饭店之后，就决意要做一名建筑设计师，而不是父母期望的银行家。四十年后贝聿铭回忆道：“在台球厅和电影院旁边是一座正在施工的大楼，人家说这幢楼要造二十四层，可我就是不相信。你想象一下，周围的楼都只有五、六、七、八层，而这幢要有二十四层！所以每到周末我就去看它慢慢升高。”少年时代的梦想终于实现，贝聿铭本人也被誉为现代

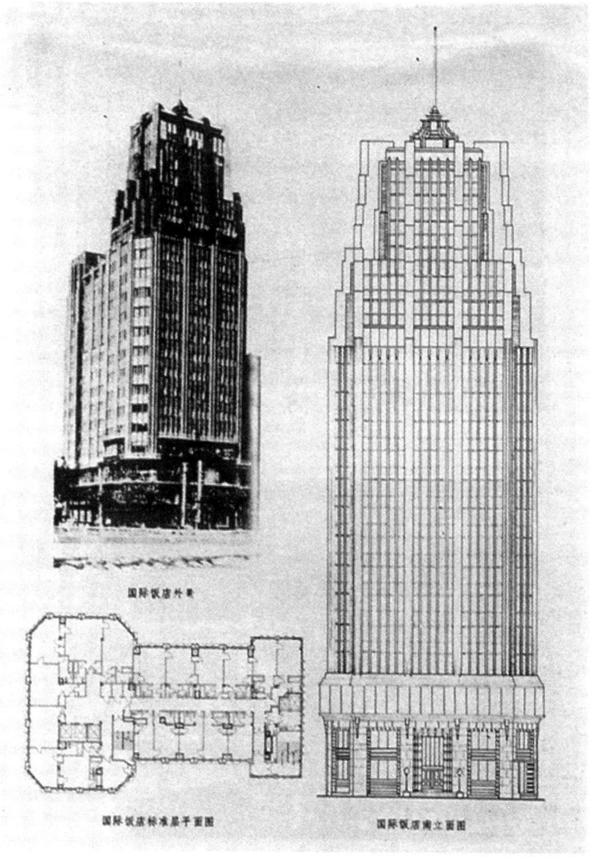

邬达克为国际饭店绘制的图纸。来源：https://u.osu.edu/mclc/bibliographies/image-archive/republican-art/

THE PARK HOTEL
A Greater Hotel in Shanghai
Special Features that are available to you at the Park Hotel:—
1. Only one block away from the city's busiest shopping centre.
2. Five minutes' walk to the three leading cinemas.
3. Riding and golfing at the Race Course across the street.
4. Foreign Y.M.C.A. gymnasium next door.
5. Dinner dance nightly on the 14th floor, commanding a beautiful view of the city all round.
6. All rooms and suites with private bath.
Telephone: 91010
Cable Address: "PARKHOTEL"
Operated by the INTERNATIONAL HOTELS, LIMITED

1940 年的国际饭店广告。来源：https://www.periodpaper.com/products/1940-ad-vintage-park-hotel-nanjing-road-shanghai-china-building-chinese-goe1-238607-goe1-082

主义建筑的最后一位大师。当年对通身现代派的国际饭店所表现出的兴趣，很难被认为是偶然。

而食物则更是融汇和传递文化讯息的媒介。美好的食物之所以令人回味，是因为它触动了深层感官，以至滋味从唇齿流连一直到心田留恋。当年国际饭店的地下二层由四行储蓄会自用（包括保险库等）；二楼“丰泽楼”经营沪上少见的京菜；三楼“孔雀厅”是简易西餐和咖啡；四至十二楼为客房；十四楼“云楼”乃大型西餐厅，半个楼面的玻璃屋顶可以移动开启——一直到 20 世纪 90 年代，国际饭店依然保留一楼中餐、楼上西餐的习惯。国际饭店的法式西菜正宗，因为请的是法国厨师；据载陈设和餐具也极其考究，刀叉和羹匙都是银质的，器皿都是英国瓷器。餐桌都放在西南的长窗边，就餐者俯视下边的景物。几场战争、政权交接之后，法国厨师陆续离开上海，但手艺得以传承至今。战时无法继续培训徒弟，1980 年代初上海重新评定“名厨”时，大部分西点师傅年事已高，国际饭店的西点房在当时百废待兴的市场上更显弥足珍贵。蝴蝶酥本来不过是饭店法式点心中的一类，后来反而成了招牌。

蝴蝶酥的原料很简单，关键是独特制作配方与独家制作

国际饭店的蝴蝶酥。

国际饭店外排队购买蝴蝶酥的人群。

技艺。如今国际饭店的西点师傅称："我们的蝴蝶酥，讲究的是黄油与面粉的配重比例，而且选用的是进口黄油。"此外，极其地道的起酥功夫也很关键，大厨宣称经过数次盘叠滚压，每只蝴蝶酥的酥皮都足足有256层，才能做到香甜浓郁，吃口酥脆，放置数日不变味。今天的国际饭店蝴蝶酥将配方保密，与可口可乐相比；开业八十几年来，蝴蝶酥的配方没换过。

上海的金枝玉叶：文化的记忆与传承

在战乱和"文革"中配方是否失传？不得而知。

但我们知道"文革"期间，国际饭店一度被改名为"亚非拉饭店"，两百多间客房及礼堂、客厅、休息室都挂上毛泽东主席像，四周张贴毛主席语录。据说当时从北京来到上海的红卫兵在国际饭店的大门上贴出"老子英雄儿好汉，老子反动儿混蛋"的对联，横批是"基本如此"。在上海女作家陈丹燕描写上海名媛、百货千金郭婉莹的作品《上海的金枝玉叶》中，女主人公曾在"文革"中因为随口一句要去国际饭店买面包，而遭扫帚一顿毒打。在那个时候依然想到去买面包，而且一定要去国际饭店买，除了郭婉莹本人让人忍俊不禁的天真，也可见国际饭店面包房的独特地位。

而这一切，都被默默隐去，今天的国际饭店只着重于1949年之前的风华，大家也都只认八十余年来未曾改变的口味。一楼的外卖窗门被称为“秘密通道”（secret passage），本地人为了买国际饭店的蝴蝶酥经常要起大早守在西饼屋门口等开门。

人们更愿意记得它所包含的20世纪风云：1935年2月，梅兰芳和胡蝶分别在这里举办了告别晚会；1937年5月19日，国际饭店十五楼的套房里，宋美龄、宋霭龄第一次拨通与罗斯福总统夫人的长途电话。一直到今天，国际饭店在上海人心目中的地位似乎从未被改变：它依然是远东第一高楼，依然是雄心壮志和世界精神的代表。哪怕它的设计师并非上海人，甚至不是华裔，邬达克这个名字也是家喻户晓，提起时总是带着自己人的亲切和自豪。

那些流离失所、脚踏实地和野心勃勃，都成为本土回忆的一部分；似乎是一种对官方认可的文化同质性的反抗，也是城市居民寻找自己文化认同的态度。更有趣的是，上海的中心原点就在国际饭店。因其建筑高度等为上海地区之最，酒店又享誉海内外，因此1950年11月，为了统一上海市的平面坐标，市地政局对全市进行三角测量，以国际饭店楼顶

国际饭店内测绘原点。

的中心旗杆为平面坐标，而确定了上海的“零”位置，在底层大堂竖起一米高的标志柱。一个年轻、野心勃勃的欧洲人希望将新旧大陆的融汇点建立在远东，一个年少痴神的贝聿铭最终在新世界绘制天地；再后来，一个希望重建秩序的时代……一切回到原点。

在更久远、需要想象多过回忆的中世纪，穆斯林精兵的铁骑横扫伊比利亚半岛，也留下丰富而纠葛的文化交融，包括“安达卢西亚”这个源自阿拉伯语的西班牙名称本身。palmier 传到异国他乡被记作蝴蝶酥，一个带着几代人美好回忆的名字，在某些最黑暗的时刻依然温暖着他们。橘逾淮而枳，枳在异国他乡也有了自己的历史，难以判断哪一种口味才是正宗的，哪一段历史不是同样郑重多情。

从阿拉伯化的欧洲到欧洲化的远东。社会学家彼得·伯格（Peter Berger）与托马斯·卢克曼（Thomas Luckmann）认为文化记忆只有一小部分存在于个体意识中，大部分都在于外部实体和共同知识中——食物也是保存记忆的外部实体和共同知识之一。在不断的创造中，在不断的烹饪、烘焙、享用中，抑或在食物稀缺时的回忆中，从舌尖涓涓至心头，从一座岛屿抵达另一座。

参考文献

《小小蝴蝶酥如何掀起蝴蝶效应》，《上海政务》，http://shzw.eastday.com/shzw/G/20130422/u1ai103550.html，检阅日期：2016年9月20日。

《黄浦区的保护建筑》，http://www.360doc.com/content/16/0716/05/15398581_575855265.shtml，检阅日期：2016年9月20日。

上海档案信息网，http://www.archives.sh.cn/shjy/scbq/201203/t20120313_5980.html，检阅日期：2016年9月20日。

木心：《上海赋》，见木心：《哥伦比亚的倒影》，南宁：广西师范大学出版社，2006。

王俊彦：《白俄中国大逃亡纪实》，北京：中国文史出版社，2002。

西坡：《凯司令》，http://news.163.com/11/0505/15/73A6B4N200014AED.html，检阅日期：2016年8月25日。

李芹：《上海以国际饭店为原点　确定上海城市平面坐标系》，《新闻晨报》，http://sh.sina.com.cn/news/m/2016-04-23/detail-ifxrpvea1121505.shtml，检阅日期：2016年9月20日。

李婷：《作家薛理勇解读邬达克的上海建筑》，http://

www.360doc.com/content/13/0118/12/739691_260890384.shtml，检阅日期：2016 年 9 月 20 日。
李欧梵：《always on sunday——迟暮的佳人：谈〈色，戒〉中的老上海形象》，《苹果日报》，2007 年 12 月 30 日，http://hk.apple.nextmedia.com/news/art/20071230/10586266，检阅日期：2016 年 8 月 25 日。
东方网历史频道，http://history.eastday.com/h/shlpp/u1a7939058.html，检阅日期：2016 年 11 月 7 日。
张爱玲：《谈吃与画饼充饥》。
陈子善：《闲话别发印书馆》，《苹果日报》，2013 年 10 月 13 日，http://hk.apple.nextmedia.com/supplement/apple/art/20131013/18461262，检阅日期：2017 年 1 月 15 日。
程乃珊部落格，http://blog.sina.com.cn/s/blog_4aba21610102dygo.html，检阅日期：2016 年 8 月 25 日。
费成康：《中国租界史》，上海：上海社会科学院出版社，1992。
贾冬婷、魏一平：《上海，张爱玲与郑苹如的命运交叉》，《三联生活周刊》2007 年第 36 期，http://www.lifeweek.com.cn/2007/0918/19649.shtml，检阅日期：2016 年 8 月 25 日。
薛理勇：《上海掌故辞典》，上海：上海辞书出版社，1999。
顾学文：《贝聿铭：在文化缝隙中优雅摆渡》，《解放日报》2011 年 9 月 2 日，http://newspaper.jfdaily.com/jfrb/html/2011-09/02/content_647421.htm，检阅日期：2017 年 1 月 9 日。
"Tasting old Shanghai", http://shanghailander.net/2010/11/tasting-old-shanghai/，检阅日期：2017 年 1 月 9 日。
Bickers, Robert and Isabella Jackson, eds. *Treaty Ports in Modern*

China: Law, Land, and Power, London: Routledge, 2016.

Cosentino, Francesco, *Shanghai from Modernism to Modernity*, Charleston, SC: CreateSpace Independent Publishing Platform, 2013.

Davidson, Alan and Tom Jaine, *Oxford Companion to Food*, Oxford: Oxford University Press, 2014.

French, Paul, China Rhyming: A gallimaufry of random China history and research interests，检阅日期：2017 年 1 月 17 日。

Goldstein, Darra, ed. *Oxford Companion to Sugar and Sweets*, Oxford: Oxford University Press, 2015.

Hershatter, Gail, "The Hierarchy of Shanghai Prostitution, 1870-1949", *Modern China* 15: 4 (October 1989): 463-498.

Hietkamp, Lenore, *Laszlo Hudec and The Park Hotel in Shanghai,* Shawnigan Lake, BC: Diamond River Books, 2012.

Hudec, László Ede, *My Autobiography*, http://www.hudecproject.com/files/Hudec_Autobio_1941_Eng_short.pdf，检阅日期：2017 年 1 月 20 日。

Irwin, James, "The Ghosts of Russia That Haunt Shanghai", *The New York Times*, September 21, 1999.

Jonney, "Must Try: The Park Hotel's Heavenly Palmiers", http://www.cityweekend.com.cn/shanghai/article/must-try-park-hotels-heavenly-palmiers，检阅日期：2017 年 1 月 9 日。

Newham, Fraser, "The White Russians of Shanghai", *History Today* 55: 12 (December 2005): 20-27.

Ristaino, Marcia, *Port of Last Resort The Diaspora Communities of Shanghai*, Palo Alto: Stanford University Press, 2002.

Ristaino, Marcia, *The Jacquinot Safe Zone: Wartime Refugees in*

Shanghai, Palo Alto: Stanford University Press, 2008.

Sanderson, Matthew R., Ben Derudder, Michael Timberlake, and FrankWitlox, "Are World Cities also World Immigrant Cities? A Cross-City, International Analysis of Global Centrality and Immigration", *International Journal of Comparative Sociology*, 56: 3-4 (2015): 173-197.

Schaufuss, Tatiana, "The White Russian Refugees", *The Annals of the American Academy of Political and Social Science*, Vol. 203, Refugees (May, 1939), pp. 45-54.

See, Lisa, *Shanghai Girls,* New York: Random House, 2010.

Shepter, Joe, "Betrayals and White Russian mercenaries settled the future of Shanghai in Jan 1924", *Military History* 22 (May 2005): 70-73.

Shi, Yaohua, "Reconstructing Modernism: The Shifting Narratives of Chinese Modernist Architecture", *Modern Chinese Literature and Culture* 18: 1, Special Issue on China's Modernism (Spring 2006): 30-84.

Swislocki, Mark, *Culinary Nostalgia: Regional Food Culture and Urban Experience in Shanghai*, Palo Alto: Stanford University Press, 2008.

Wang, Haochen, "Citizens of no State: Daily Life of Shanghai White Russians, 1920s-1930s", *Primary Source* 5: 1 (2013): 30-34.

Warr, Anne, *Shanghai Architecture*, Sydney: The Watermark Press, 2007.

Wasserstrom, Jeff, *Global Shanghai, 1850-2010 : A History in Fragments*, London and New York: Routledge, 2009.

Yeh, Wen-hsin, *Provincial Passengers: Space, and the Origin of Chinese Communism*, Berkeley and Los Angeles: University of California Press, 1996.

纽约：戍守他乡的台湾人

／郭忠豪

将军 22
166 US-22, Green Brook Township, NJ

将军 27
3376 NJ-27, Kendall Park, NJ

将军传奇（Shogun Legends）
1969 NJ-34, Wall Township, NJ

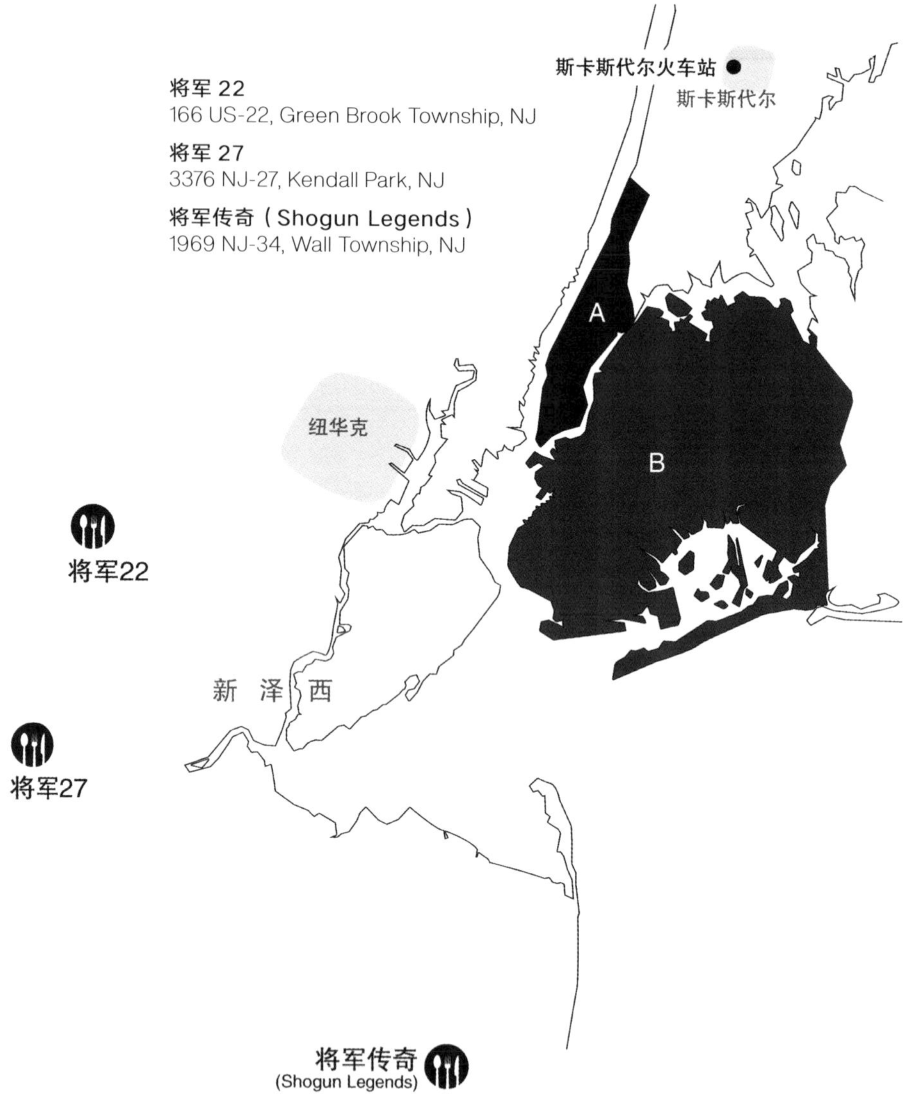

蜀湘园集团
蜀湘园 EMPIRE KYOTO SUSHI (2642 Broadway Ave, New York, NY)
蜀湘园 EMPIRE SZECHUAN BALCONY (381 3rd Ave, New York, NY)
蜀湘园 EMPIRE SZECHUAN COLUMBUS (193 Columbus Ave, New York, NY)
蜀湘园 EMPIRE SZECHUAN GARDEN (251 W 72nd St, New York, NY)
蜀湘园 EMPIRE SZECHUAN GOURMENT (2574 Broadway Ave, New York, NY)
蜀湘园 EMPIRE SZECHUAN GREENWICH (15 Greenwich Ave, New York, NY)
蜀湘园 EMPIRE SZECHUAN HOUSE (2581 Broadway Ave, New York, NY)
蜀湘园 EMPIRE SZECHUAN VALLEY (1194 1st Ave, New York, NY)
蜀湘园 EMPIRE SZECHUAN VILLAGE (173 7th Ave, New York, NY)

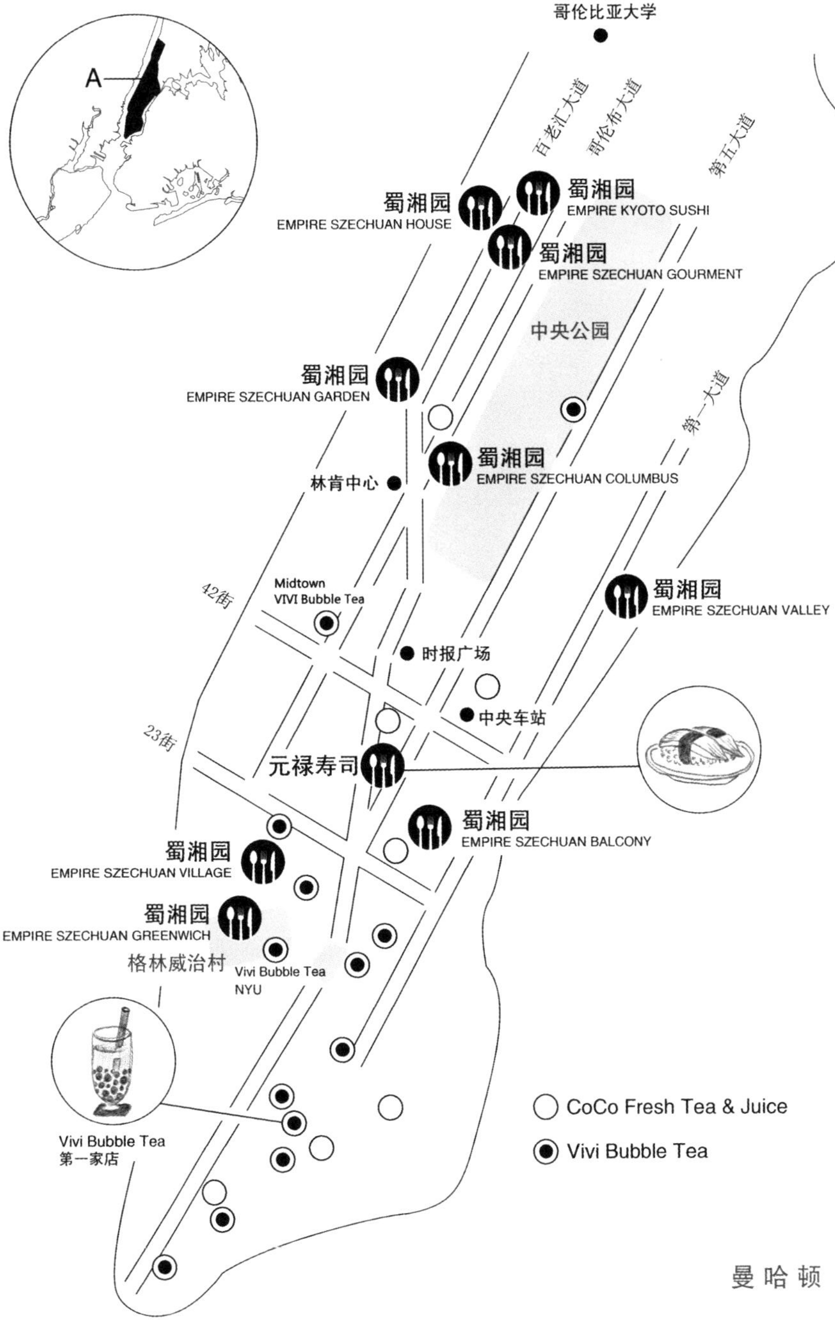

A
哥伦比亚大学
百老汇大道
哥伦布大道
第五大道
蜀湘园
EMPIRE SZECHUAN HOUSE
蜀湘园
EMPIRE KYOTO SUSHI
蜀湘园
EMPIRE SZECHUAN GOURMENT
中央公园
蜀湘园
EMPIRE SZECHUAN GARDEN
第一大道
蜀湘园
EMPIRE SZECHUAN COLUMBUS
林肯中心
Midtown
VIVI Bubble Tea
42街
蜀湘园
EMPIRE SZECHUAN VALLEY
时报广场
中央车站
23街
元禄寿司
蜀湘园
EMPIRE SZECHUAN BALCONY
蜀湘园
EMPIRE SZECHUAN VILLAGE
蜀湘园
EMPIRE SZECHUAN GREENWICH
格林威治村
Vivi Bubble Tea
NYU
Vivi Bubble Tea
第一家店
CoCo Fresh Tea & Juice
Vivi Bubble Tea
曼哈顿

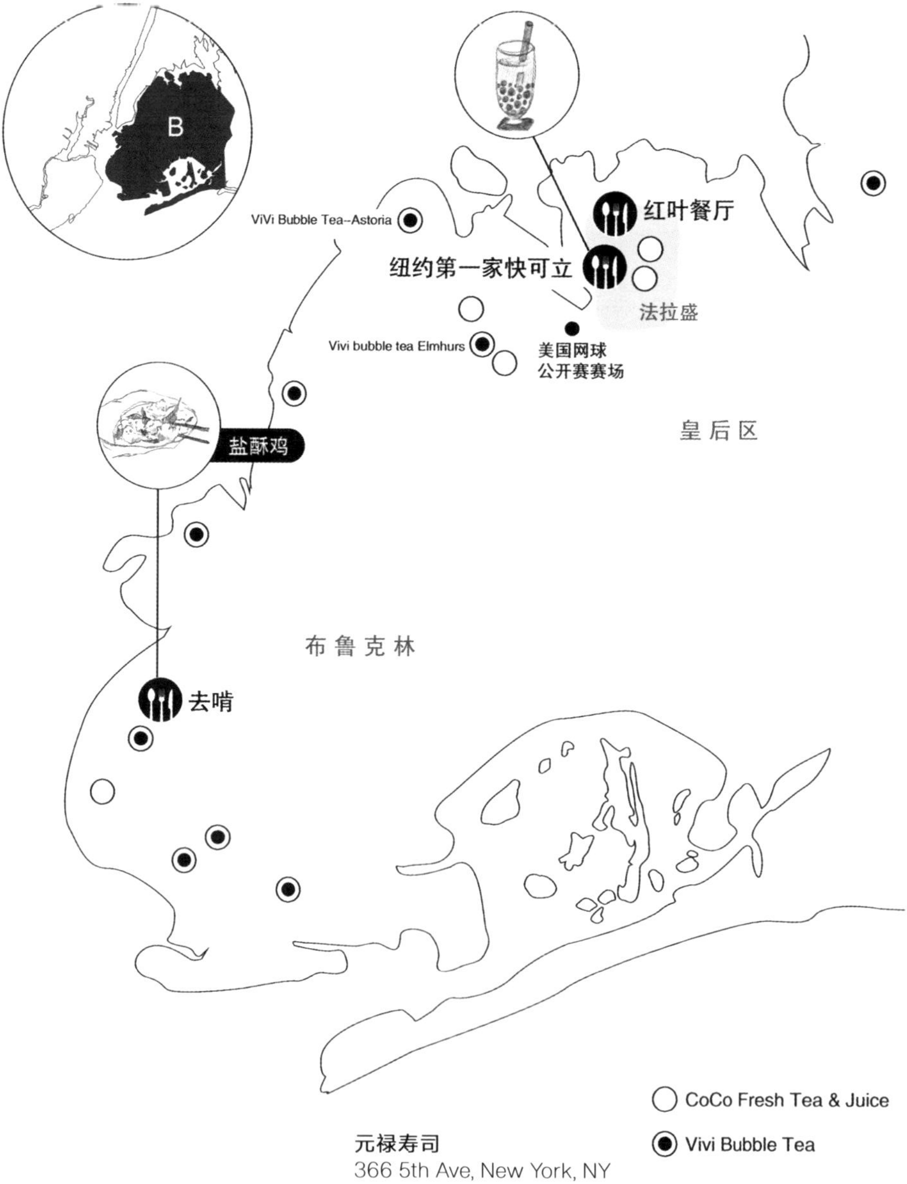

元禄寿司
366 5th Ave, New York, NY

ViVi bubble tea（第一家店）
49 Bayard St, New York, NY

去啃
5401 8th Ave, Brooklyn, NY

红叶餐厅
136-11 38th Ave, Flushing, NY

快可立（第一家店）
39-22 Main Street, Queens, NY

历史学家进厨房：纽约李正三与郭正昭的故事

纽约元禄寿司与未竟的历史学研究

1960年代末至1970年代初期，台湾社会逐渐摆脱保守苦闷的政治气氛，经济也开始发展。一心想成为历史学家的李正三接连遇到几位贵人，包括“中研院”近史所所长郭廷以先生以及匹兹堡大学的杨庆坤教授，通过他们的鼓励及协助，他终于在1968年前往匹兹堡大学深造。四年后，从台大历史系毕业且在“中研院”近史所服务多年的郭正昭也申请到了匹兹堡大学的奖学金。他们前后提着几箱斑驳的行李赴美，展开在美利坚一段未知的奋斗人生，倘若经过几年寒窗苦读，两位极可能成为美国学界研究东亚历史的杰出学者。

1973年是李正三与郭正昭人生的重大转折点。这一年，郭正昭邀请原籍苗栗的表哥台籍日人陈金钟夫妇到纽约观光，偶然机会下巧遇李正三。

陈金钟在台湾原本以搜集旧物品卖到日本为生，后来在日本餐饮界发迹，进而代理“元禄寿司”的经营权。“元禄寿司”创办人白石义明，受到啤酒厂内啤酒运输带启发创立“回转式寿司”消费方式，在 1958 年于大阪正式成立“元禄寿司”，陈金钟即是以专业认真的工作态度取得白石的信任而取得经营权代理的资格。

陈金钟期盼能将“元禄寿司”扩展至海外，纽约就是他的首选。尽管 1970 年代的纽约恰恰是经济萧条与高犯罪率的最佳写照，从曼哈顿华埠往上走去，几个街角就会见到皮条客、阻街女郎以及毒贩三三两两地找寻顾客交易。不过难得来到纽约的陈金钟，仍兴致勃勃地与表弟郭正昭讨论着把日本料理与回转寿司引入纽约。

当时李正三刚刚结束匹兹堡大学的硕士学习，正在惶恐人生道路应该何去何从，是继续攻读博士呢，还是弃文从商？他白天在餐馆打工洗盘子，晚上回家养育嗷嗷待哺的两个儿子，已经感受到庞大的经济压力。此时，在纽约街头巧遇旧识郭正昭，又听闻陈、郭二人在海外开店的计划，就毅然决定加入他们的工作团队。

受过日本商社正规训练的社长陈金钟对开店一事相当慎

重，除了与郭正昭以及李正三两人经常商谈了解美国以及纽约的商业法规外，他也积极了解曼哈顿的房租价格、顾客潜在流量、专业师傅聘请以及鱼货是否新鲜等问题。眼光精准的陈金钟看中坐落在曼哈顿第五大道帝国大厦附近，34 街和 35 街之间的一家店铺，之后招呼李正三与郭正昭两人手拿“人数计时器”站在预定店面两侧计算一分钟、十分钟，甚至一小时有多少人经过，作为店家开业参考。这两位过去熟读中国史且长期坐在研究室的年轻学者对此感到相当新鲜，看到帝国大厦前人来人往的各色景象，似乎已逐渐忘记书本内沉重的中国近代史了！

经过一年左右的观察与筹备，陈金钟终于决定正式把“元禄寿司”的经营战线从日本拉到海外，纽约即海外第一站，也是日本“元禄寿司”的第 86 家店铺。1974 年 7 月 4 日美国国庆日当天，纽约“元禄寿司”正式开业！前三年的资金由陈金钟一人独资，由李正三担任经理，郭锡玉担任会计。开业后陈金钟返回日本，将店放手交给郭正昭夫妇与李正三夫妇全权经营。经过三年的详细观察，社长陈金钟对李正三担任经理一职表现出的认真、尽责以及肯吃苦的工作态度印象深刻，觉得他远远超过日本本土的连锁店经理。此外，郭正昭与郭锡玉夫妻对元禄寿司的经营也投入了相当多

陈金钟、郭正昭与李正三（从左至右）摄于纽约曼哈顿中城元禄寿司店前。

的心血。仔细考虑后，陈金钟正式邀请李正三与郭正昭夫妇各自投入三分之一的资金，一起合股经营。

鉴于 1970 年代寿司料理在纽约相当罕见，陈金钟特地从日本聘请专业寿司师傅来纽约指导郭正昭与李正三等人如何采买新鲜鱼类、寿司制作的卫生与保存，以及油炸天妇罗的秘诀。日本师傅通常一大早就带李正三等人到曼哈顿下城东河旁的富顿市场（Fulton Fish Market）采购新鲜鱼类，教导台湾员工注意选择眼睛雪亮以及肉质富有弹性的鱼，也要留意卖鱼店家是否有合适的冷藏设施。待新鲜鱼类送到店家后，日本师傅以雪亮的寿司刀将整块鱼切成小片，之后再以醋饭制成一盘三片的“回转寿司”上架。台湾饮食受到日本影响甚深，郭、李二人在台湾时也尝过日本料理，但第一次看到日本寿司师傅从选鱼到制作寿司的专业与敬业精神，仍不免又是敬重又感稀奇。

纽约的“元禄寿司”在食材准备上仿制日本，但也发展出自己的饮食特色，例如旋转带上跑的寿司一盘有三块，售价含税是美金 75 分，价钱在当时的纽约不算昂贵。还有天妇罗与唐扬（炸鸡）可供选择。但为了因应台湾与外国顾客，纽约“元禄寿司”在菜单上增加了中式炒饭、炒面与炒米粉，甚至引进台湾人爱吃的“菜脯饭”，可惜纽约顾客对此味兴味索然。

当时，“元禄寿司”作为纽约第一家回转寿司，虽然只一间小小店面，却为纽约客带来双重的惊喜。第一层惊喜是纽约客第一次看到像火车般的食物盘在自己面前跑动，顾客可以任意索取喜爱的食物消费，感觉十分有趣！第二层惊喜是不少纽约客第一次品尝到日本饮食文化的精髓——寿司与生鱼片。今天，日本料理在纽约以及世界不少大城市均属于非常高档的餐饮，但四十年前的纽约对日本料理依旧陌生，尤其是生鱼片，许多人不敢尝试，甚至认为这是给野蛮人吃的食物。不过纽约毕竟是大都会，而且尝鲜是身为纽约客的重要元素，不到几年时间，寿司与生鱼片逐渐受到纽约客喜爱，稳定的客源也让元禄寿司的生意步入正轨。

1980 年代后台湾开放观光，来到纽约的台湾游客均耳闻帝国大厦旁就有一家台湾人经营的“元禄寿司”，一批接着一批从纽约肯尼迪机场出来的台湾旅客就成了元禄寿司最忠实的顾客，特别是在异乡尝到米饭与酱油的味道后，那份感动的心情难以言说！

1980 年代之后元禄寿司面临诸多挑战，第一个挑战是曼哈顿中城的台湾人减少，此时韩国人大量增加，中国大陆移民开始来到纽约，韩国与中国移民眼见寿司生意获益不错，纷纷投入经营，元禄寿司自然受到影响。第二个挑战是曼哈顿的犹太房东提高数倍店租，让元禄寿司不但获利有限还要承担相当大的经济压力。几经慎重考虑，李正三与郭正昭决定把元禄转售给日本麒麟啤酒商社经营，于 1987 年正式结束营业 13 年的元禄寿司。十几年下来，李正三与郭正昭两人已经深谙日本料理的经营知识，加上当时美国社会对日本文化怀有高度兴趣，两人均认为日本料理是一项值得投资与经营的事业，因此选择在曼哈顿（当地房租太贵）以外的地方继续经营日本餐馆。

1982 年郭正昭与太太郭锡玉知道纽约威斯特彻斯特（Westchester）内的斯卡斯代尔（Scarsdale）有不少日本移民以及犹太人居住，是大纽约相当高级的居住社区①，因此决定在此开设一家日式餐馆并以“樱花”（Sakura）命名。除了日本料理外，餐厅也兼卖中餐与亚洲餐点，希望招揽更多客源。值得一提的是，郭正昭商请纽约著名室内设计师同时

① 纽约的日本移民最早居住在皇后区的法拉盛（Flushing），因为当地交通便利，有 7 号地铁与长岛快速道路到达曼哈顿中城，后来因为水质与其他问题开始搬离法拉盛而来到新泽西的利堡（Fort Lee）与纽约上州的威斯特彻斯特。之后台湾移民迁入，遂有“小台北”之称。1990 年代大陆移民大量增加，台湾移民逐渐搬离法拉盛移至长岛或新泽西。

也是法拉盛“红叶餐馆”的老板吕明森亲自设计“樱花”餐馆，并从日本与台湾请来专业的寿司师傅与烹饪厨师。

除了当地的稳定客源外，郭正昭夫妇也努力开发更多客群，他们发现纽约上州有不少设备完善的高尔夫球场，不少退休的美国人喜欢打小白球，结束球叙后举办晚宴。看到如此难得的机会，郭正昭马上带着日本寿司师傅与台湾厨师主动招揽生意，向顾客推销新鲜美味的日本料理，并提供现做现吃的宴席方式（catering），餐饮规模大小从两千美元到四千美元，甚至有六千美元到一万美元不等的价钱。由于斯卡斯代尔居民大多是收入甚丰的专业医师、律师与银行家，因此郭正昭的“现场宴席”获得不少人青睐，尤其是日本大公司与商社的忘年会，以及美国人的家庭聚会与生日均请“樱花”制作新鲜的寿司与日本料理。

几年下来，在郭正昭与郭锡玉的努力经营下，“樱花”餐馆已经在纽约上州打响名号，营业三十年后，才因年岁渐长体力无法负荷而于 2012 年盘给他人经营。值得一提的是，樱花营业期间，除了大纽约地区顾客外，郭正昭也慷慨招待过许多台湾民主运动的前辈到店里用餐，例如黄信介、林义雄、许信良与杜正胜等人，可说是台湾党外运动的海外据点之一。

日本将军莅临新泽西：李正三的将军餐馆

当郭正昭在纽约上州筹备“樱花”餐馆的开幕时，李正三看中的未来目标则是房租较便宜、餐馆竞争也不激烈的新泽西。经过元禄寿司的锻炼，李正三对如何经营日本餐馆已经驾轻就熟，举凡鱼类选购、人事成本、店家位置，以及应付美国卫生局的大小挑战均难不倒他。他先在 1983 年 3 月开设了小型日式料理餐厅“富士寿司”(Fuji Sushi)，员工虽然只有四五人，但凭借他的多年经验，餐厅仍迅速步上轨道，生意相当稳定。

到了 1984 年，经过一番寻寻觅觅，李正三在新泽西绿溪镇（Green Brook）22 号公路旁找到一块面积约一英亩的空地。同年 3 月，由李正三主导的“将军 22”隆重开幕。取名“将军 22”，自是因为餐馆位在新泽西 22 号公路旁。自此，李正三开始以“新泽西将军日本餐馆”扩展他的餐饮版图。

在美国经营餐厅并不容易，除了语言与文化上的隔阂，有时候还要说服股东间的不同意见，甚至苦思餐馆的室内与

李正三的将军 22 日式餐厅。

将军 22 餐厅招牌。

户外设计，美国幅员辽阔，有醒目好记的招牌与设计，才能对店家有加分效果。他找了帮郭正昭设计“樱花”的知名设计师兼餐饮业者吕明森操刀。吕明森对室内设计颇有天赋，业主只要告知大概的设计方向与经费预算，他均能以经济实惠的方式设计出业主喜爱的风格。再加上他对日本文化相当熟悉，因此对美国的日式餐馆设计也相当内行，从建筑物外在的招牌、日式花园到餐馆内的榻榻米、灯饰、桌椅以及寿司吧台，吕明森的设计极少让店家失望。

餐馆设计只是餐厅营业前漫长考验的第一步。另外还要通过建设局、消防局、卫生局等检查才能取得正式执照。如果想附设酒吧，就要取得合法“酒牌”，餐馆如果合法取得酒牌，生意大多十分兴旺。如果没有合法取得酒牌却贩售酒精性饮料，被相关单位查到会处以相当高的罚金。酒牌的取得在美国餐馆可是一门大学问，不同地区的申请方式不尽相同。以大纽约地区为例，餐馆若要申请酒牌，必须完成所有软硬件设施准备查验，至于新泽西餐馆的“酒牌”数量是固定的，新餐馆必须向旧餐馆购买酒牌。虽然面临这些林林总总的问题，但李正三从来不觉得繁杂，毕竟他在曼哈顿的“元禄寿司”早已身经百战，他相信只要按部就班处理，所有问题均能迎刃而解。

李正三日式餐厅内的铁板烧表演。

“将军系列”餐厅内的用餐情景。

“将军22”经营步上轨道后，李正三打铁趁热在1985年12月又开了“将军18”。这一次李正三找来内人张阿雪的弟弟张秋南担任大厨，并通过陈金钟找来日籍师傅板仓健二加入寿司吧台（板仓在日本原本是卡车司机）。到了1987年，李正三又在新泽西肯德尔公园（Kendall Park）27号公路旁买下已经歇业的Covino餐馆旧址重新装潢，也是以公路号码命名为“将军27”。此时李正三手上已经有三家位于新泽西公路旁大型的日本餐馆，分别是“将军22”“将军18”与“将军27”，此时日本将军真的莅临新泽西了！为了迎合新泽西与曼哈顿不同的客源，李正三在经营策略上与元禄寿司多有不同，例如新泽西的消费者喜欢多变化的日本寿司，有时候会坐上酒吧台小酌，尤其喜爱铁板烧师傅的即兴表演。李正三用“小腿拉大腿”相当贴切地形容美国小孩经常怂恿爸爸妈妈带他们到“日式将军餐馆”举办生日宴会，铁板烧师傅的特殊厨艺经常带给小朋友相当有趣的欢乐回忆！

不小心跌一跤：李正三的中菜餐馆

眼见日式餐馆生意兴隆，李正三反倒经常问自己：“既然日本料理餐馆能在美国生存，自己熟悉的中式餐馆应该也可以开业吧。”他先在纽华克附近的樱花公园开了“中华园”（China's Garden）餐馆，原本寄予厚望，但受限于附近居民收入偏低，且对美式中餐接受度不高，最后只能歇业关门。虽然历经小挫折，但李正三丝毫没有放弃经营中餐馆的企图，最后通过郭正昭介绍，他来到斯卡斯代尔，在火车站附近开了另外一家中餐馆，名为“湖南三”（Hunan Three）。

斯卡斯代尔当地住了不少高收入的专业人士，为了提供高品质的“美式中菜”（左宗棠鸡、青椒牛与扬州炒饭等），李正三特地从台湾请来专业厨师料理。正如李正三预料，“湖南三”餐馆开业后生意大好，有时候一日营业额就可付清餐馆一个月的店租，是餐馆内行人称之A+的等级。遗憾的是，“湖南三”餐馆经营几年之后，因为生意兴隆遭到房租中介人从中作梗恶意提高租金，餐馆被迫歇业。

见过世面的李正三历经“湖南三”打击后丝毫没有气馁，反之，他知道斯卡斯代尔绝对是一个开餐馆的好地方，因为当地不少犹太人喜爱中菜，富人也有能力经常上餐馆消费。有鉴于此，李正三在1990年代又开一家“中国园”（China Garden Bronxville）餐馆。当时华人移民逐渐增加（特别是福州与温州两地），因此“中国园”雇用不少中国新移民。不过，因当时福州移民对汽车驾驶依旧陌生，有一次福州驾驶开车载许多福州员工外出采买，因故发生车祸，造成不少人受伤，许多人无法工作，最后中国园只能歇业。

相较于日式餐馆的顺利经营，李正三在中式餐馆的经营之途屡屡尝到不少苦头，但他始终没有放弃，后来李又回到新泽西的纽华克开了“会宾楼”(China Garden Belleville)。有了之前的教训，李正三这次在经营方式上略作变化，除了提供美式中菜外，还兼卖港式饮茶的点心包子。不过制作点心过程复杂，只能从曼哈顿华埠预订后再送到纽华克，食物的味道与新鲜度都会受到影响，并不可口。“穷则变，变则通！”李正三灵机一动，又以吃到饱的方式兼卖起“蒙古烤肉”，让客人自己选择肉类与蔬菜，再由厨师热炒。当时“会宾楼”离新泽西理工学院（NJIT）很近，不少中国留学生喜爱到会宾楼选吃到饱的自助餐。

某一天晚上，正在餐馆工作的李正三看到一位非裔顾客头戴鸭舌帽缓缓走入餐馆内，贴近柜台，掏出手枪指着他大喊：“别动（Hold up）！”当时背对着这位非裔顾客的李正三只听到声音，一时还没有反应过来，以为这位顾客要点什么菜肴外带。之后定神一看，原来是有人抢劫！李正三与店

曾经发生持枪抢劫的会宾楼（翻拍自《纽约时报》）。

内员工举起双手，乖乖地拿出店内所有金钱交给这位抢匪。当员工拿钱给抢匪时，李正三不动声色缓缓移到柜台机警地按下警铃，几分钟后六台警车陆续来到，非裔嫌犯被绳之以法，保险公司最后也赔了钱。两三年之后，有一天警察联络李正三并提到非裔歹徒已经入狱服刑一阵子，服刑期间表现良好获得假释机会，询问李正三是否同意这位抢劫犯的假释，宅心仁厚的李正三不做二想，马上答应给他改过自新的机会。

历史学家难忘的餐馆人生

于台湾长期从事民主运动的长辈黄再添先生到纽约拜访李正三与郭正昭两位老师，见他们身体硬朗，气色红润，已经将近八十岁，依旧相当健谈。两人在新泽西的住处相隔不远，退休之后生活相当轻松，闲暇之余经常互访聊聊昔日有趣的“餐馆人生”。两人四十几年前从松山机场赴美原本想攻读中国史研究，日后成为历史学家，但是人生剧本变化无常，陈金钟社长把两人从图书馆的历史书本带到五光十色的餐馆人生，如今想想，两人还真是难以置信已经走过四十年的餐馆生活。虽然没有成为历史学者，但是两人感谢许多海外台湾乡亲陪伴他们走过这趟曲折但回味无穷的旅程。

对郭正昭而言，除了元禄寿司及“樱花”餐馆外，还与不少台湾朋友合资创立纽约法拉盛的“冠东银行”，并且担任独立董事兼秘书长，亲自见证法拉盛从一个小社区变成美东最大的中国城。

对李正三而言，心中虽仍有些许遗憾无法成为一位历史学家，但选择“进入厨房”这条路并没有让他失望。反之，李正三非常庆幸一路走来有许多贵人及难得的工作伙伴陪伴走过餐馆人生，除了引领教导他经营餐馆的陈金钟社长以及与他相互扶持的好友郭正昭夫妇外，他的小舅子张秋南也在多家餐馆帮忙，从寿司吧台到铁板烧的各项热炒也都难不倒他。

谈起餐馆，李正三不但累积不少纽约地区经营餐馆的珍贵心得，还有许多有趣的回忆。例如在元禄寿司歇业后，有一天美国联邦调查局专员请他到法院指认某位嫌疑人。专员提到这位嫌疑人在1970年代曾经担任纽约市卫生局人员，擅自利用职位之便向“元禄寿司”勒索美金一千元，否则要故意找麻烦举发餐馆卫生检查不合格。后来该卫生局人员又利用职位之便勒索其他餐馆得逞，联邦调查局接获举报后逮捕此人，再请李正三帮忙指认，希望杜绝这类非法事情发生。

李正三也目睹了这三十年来大纽约中式与日式餐馆的变化，尤其是1990年代之后温州与福州移民增加，这些工作认真的新移民，或为了偿还来美的巨额债务，或为了在异乡求生存，除了纽约之外，也勇于到美国大小城镇开设美式中餐馆或者日式餐馆，经营得相当成功。同一时间，台湾移民大量锐减，毕竟台湾生活环境改善不少，愿意赴美闯荡生涯的人不多了。值得一提的是，李正三与郭正昭相当关心台湾政治，因此他们的餐馆是当地台侨或者台湾民主前辈在美国聚会所在，台湾地区前领导人陈水扁，重量级的民主人士如彭明敏、林义雄、陈定南与苏贞昌等人均是座上宾。

四十几年的餐馆人生，似乎很难三言两语交代过去，而再精彩的人生也有谢幕的一天。目前李正三手上餐馆只剩下“将军22”，由大儿子霍华德经营，他自己年岁增长，已无法全心照顾餐馆，下一代对餐馆经营也非全然有兴趣，最后也可能就转售他人。不过，李正三与郭正昭永远记得1974年7月4日纽约“元禄寿司”开幕那一天，也会记住两人站在帝国大厦旁哈腰鞠躬发送元禄寿司宣传单的日子，许多老外在店家窗外探头探脑好奇回转寿司的光景，还有两人学习制作生鱼片与醋饭的紧张心情，当然还有看见大量顾客涌入餐馆的兴奋心情。四十年光阴已经飞逝，两位“误入歧途”的历史学家从不后悔，反而相当珍惜他们得来不易的餐馆人生。

前法务官员陈定南摄于将军餐馆内。

曼哈顿的辣椒味道：蜀湘园集团的故事

故事的源头得从一个铜板说起。

1960年代以来台湾赴美攻读硕博士学位的学生不在少数，出生屏东的萧忠正自台大毕业后加入这赴美留学的大队，前往新墨西哥大学攻读核能工程硕士。1969年取得学位后，他与太太曹淑蓉苦思人生旅程该何去何从，两人坐在餐桌上苦笑许久，萧忠正从口袋拿出一枚美金一元的铜板跟太太说："如果落下的正面是人头，那我们就去纽约吧！毕竟那是个大城市。"

1970年代初期曼哈顿上西区虽然没有今日繁荣，却充满文化气息。萧忠正夫妇从位在新墨西哥州阿布奎基搬到纽约后，至爱因斯坦医学院（Albert Einstein College of Medicine）内的核医学科工作，他与太太经常在哥伦比亚大学附近遇到跟随台大药剂系毕业的先生来哥大读书的张亚凤

(Misa Chang)。

到纽约前，住在台北县三重的张亚凤与弟弟翁英俊对餐饮业已经有一定了解，来美后又思念故乡台湾的饮食，经常在纽约家里下厨烧菜并找萧忠正夫妻聊天做伴。彼此熟悉后大家聊到纽约中餐馆这么少，卖的中菜也不地道，想家的时候要吃点台菜还要自己下厨，那我们何不一起创业开一家餐厅呢？一来张亚凤与翁英俊已经有餐饮烹饪基础，二来大家可以随时吃到故乡台菜，三来还可以赚赚老美的钱，说不定哪天还可以致富呢！张亚凤与翁英俊以及萧忠正夫妇这时候拿起酒杯一同庆祝说："为我们未来干一杯，为我们的纽约干一杯！"

1972 年美国总统尼克森访问中国之后，美国社会对中国文化逐渐产生兴趣，从毛泽东的《东方红》歌曲到著名的北京烤鸭，中餐也顺势搭上这波热潮。1970 年代的纽约华人移民数量有限，主要是曼哈顿华埠的广东移民与法拉盛的台湾移民。当时曼哈顿中餐馆数量不多且菜色有限，因此，萧忠正夫妇、张亚凤以及翁英俊已经摩拳擦掌准备点燃他们的"曼哈顿之梦"。

萧忠正先是打听到上城 98 街与百老汇大道（Broadway）转角处有一家湖南菜餐馆要转让，但价钱没有谈妥，庆幸的

蜀湘园集团合伙人张亚凤与萧忠正。

是97街与百老汇大道东南角也有家小店面要出让。1970年代的曼哈顿上西区尚不如今日繁荣，但已有地铁1、2、3号线直达中城以及下城，甚至仅要十几分钟就可到达林肯中心(Lincoln Center)，加上房租便宜，不少年轻艺术家都喜欢到这里租房。

找到餐馆店面后，大家兴冲冲地讨论餐馆如何命名，这时候活泼且点子丰富的萧太太灵机一动提到：纽约州英文名是Empire State，那么餐馆英文就称为Empire Szechuan Gourmet，中文就称作“蜀湘园”吧。1976年“蜀湘园”就在这几个憨直勇敢的台湾年轻人手中诞生了！

出乎大家的意料，餐馆开幕时生意相当好，当时萧忠正一边忙着医学院研究，一边要张罗餐馆大小事宜，经常蜡烛两头烧忙得不可开交。与家人长谈后，萧忠正决定辞去医学院的研究工作并投入餐馆经营。当时他在医学院的老板却皱起眉头问道：“年轻人，你以前开过餐馆吗？这可是相当辛苦的，你最好再考虑一下吧！”老板还继续说：“我建议你留职停薪一阵子吧。”萧忠正满怀感谢上司考虑如此周详，但他看见餐馆生意一片火红，内心已经无暇研究室的实验和数据了。1976年末，萧忠正递出辞呈离开了上司的研究室，他想起“一元铜板”把他们夫妻俩带来纽约，之后认识张亚凤与翁英俊，并带来“蜀湘园”的创立，人生际遇不就是一连串的抉择与努力吗？他走出医学院的时候，纽约飘下雪花，正下起入冬第一场大雪。

在“蜀湘园”的厨房里，翁英俊驾轻就熟地炒出不少好吃的川扬菜肴，张亚凤与萧忠正则负责餐馆前台的收入支出与经营事项，大家忙得不亦乐乎！经过一段时间后，几位股东讨论如何提升餐馆生意，例如翁英俊建议聘请女服务生（当时餐馆大多是男服务生），又考虑到餐馆室内空间不大，极力推展外卖与外送生意。他们找来不少员工以脚踏车提供外卖服务，让顾客在寒冷冬天也可以尝到热腾腾的菜肴。可口美味的菜肴加上周到服务，使得“蜀湘园”餐馆的好名声迅速在曼哈顿传播开来。当时曼哈顿的中式餐馆数量不多，除了下城华埠的广东餐馆外，整个纽约市的中菜餐馆屈指可数，“蜀湘园”逐渐征服纽约客的味蕾。

从第一家“蜀湘园”到“蜀湘园集团”的成立

随着生意越来越火红，“蜀湘园”准备扩大服务并希望在曼哈顿不同地区开启连锁店。1980年，几位股东在曼哈顿第三大道近27街处找到一间荒废许久的老酒吧，由于地点甚佳，他们当即决定买下作第二家“蜀湘园”。几乎同一时间第三家店也在曼哈顿中城西69街与哥伦布大道交接处正式开幕。

当时身兼股东及大厨的翁英俊与大家在经营理念上多有不同，遂离开“蜀湘园”自行创业。为了弥补厨师空缺，同时为了多找几位优秀的餐馆经理与厨师加入经营团队，蜀湘园找来从大陈岛撤退后辗转来到纽约的沈师父、蒋奶妹、吴小法以及马传福等人入股。前三位大厨均是大陈人，来纽约之前曾在台湾担任“西装师父”。马传福则来自台湾屏东空军眷村，十几岁就只身来到纽约闯天下，加入“蜀湘园”前曾在曼哈顿上城的广东餐馆待过，不仅熟悉餐馆大小事情，而且手脚勤快，因此迅速获得股东们的赞赏。

“蜀湘园”增添新力军之后业绩蒸蒸日上，自1976年开业，到1992年已在曼哈顿开了九家餐馆，堪称该集团的黄金时期。1992年的一则新闻报道，介绍了这家店的分布位置，其中三家在曼哈顿上西区，两家近林肯中心，两家在曼哈顿东部，最后两家则在纽约著名的格林威治村（Greenwich Village），可谓遍布曼哈顿。如果说“蜀湘园集团”是纽约客的厨房之一，应该也不为过吧！

萧忠正与蜀湘园集团股东合影。

“蜀湘园集团”的菜肴特色

一家餐馆的经营能够成功，除了外在人事的妥善打点，最关键的还是厨房里端出的菜肴能够抓住客人的胃。“蜀湘园集团”从名称上来看，“蜀”代表四川，“湘”是湖南的简称，因此它在菜肴定位上以“川扬菜”为主（四川菜以辣味取胜，扬州菜诉诸清淡口味，借以彼此搭配）。“蜀湘园集团”由台湾留学生创立，而且当时有不少台湾留学生在纽约读书，因此餐馆也卖起家乡口味的台湾小吃，例如肉粽、鸡卷与肉羹等。对外营业方面，餐馆刚开始的菜肴十分简单，特色菜肴有芝麻凉面、棒棒鸡、葱油鸡、脆皮鸡、豆瓣鱼、芥蓝牛肉、宫保鸡丁、咸酥虾等，这些菜肴大多来自翁英俊精湛的厨艺，萧忠正与张亚凤则负责在前台接听电话、招呼客人以及打理营业账目。

随着餐馆生意蒸蒸日上，萧忠正与曹淑蓉夫妇、张亚凤以及陆续加入“蜀湘园集团”的厨师们经常聚在一起研发菜色，除了前述提到的台湾小吃与特色菜肴，股东们也加入大江南北的菜肴特色，并且把菜单制度化，供“蜀湘园集团”其他餐馆参考，也让前来餐馆的顾客（以美国人为主）有更

纽约第一家蜀湘园餐馆外观（翻拍自《纽约时报》）。

齐全的选择。

从“蜀湘园集团”在1991年留下的一份菜单可以看出他们在菜肴设计上的用心，当时前菜包括四川辣子鸡、泡菜、川式凉面、京式凉面、肋排、水煎包与炸鸡翅，价钱在一块到四块美金不等。素食选择有炒花椰菜、川式豆腐、家庭式豆腐、炒茄子与混杂式蔬菜。汤类有馄饨汤、酸辣汤与豆腐蔬菜汤。第一项肉类主食（包括猪肉、牛肉与羊肉）有木须炒肉、回锅肉、切丝蒜味猪肉、花椰菜牛肉、蚝油牛肉、BBQ牛肉、青椒牛肉、炒羊肉与湘式炒羊肉，每道菜肴价钱落在美金六块多到八块多不等。第二项肉类是禽类，包括辣味太监鸡、橙汁鸡、花椰菜鸡、茄子鸡与脆皮鸭，每道价钱约在美金七块多不等。海鲜包括粤式龙虾、酸甜鱼、蒜味大虾、酸甜虾以及辣味干贝等。餐馆也提供美式中餐经常见到的炒饭与炒面。此外，为了增加午餐时间的客源，又推出“午餐折价服务”（Lunch special），把上面提到的不同菜肴加上米饭或者面食制成便当款式的餐盒，相当受纽约客欢迎。

当时也有人认为“美式中餐”烹制过程加上过多佐料过于油腻，考虑到顾客的健康，“蜀湘园”也推出“健康菜单”（Specific Steamed Diet Menu），强调“少油少盐”，菜肴有花椰菜鸡、干贝蔬菜以及蔬菜大虾等。今天的消费者相当重视食物安全与饮食健康，早在二十几年前，“蜀湘园集团”已经意识到这些议题，在“创新饮食”（revolution diet）项目下的每道菜肴均附上清楚的卡路里含量。此外，美国不少餐馆均有自己自豪的特色菜肴，“蜀湘园”当然也不例外，例如曾国藩历史鸡、左宗棠鸡、蜀湘园鸭、湘式风味牛排、蜀湘园芝麻牛肉、橙汁脆皮牛以及川式风味猪肉，这些特色菜肴大多冠上“蜀湘园集团”的英文关键词Empire，借以强调厨师精湛的厨艺烹饪出来的特殊味道！

为了拓展更宽广的客源，除了自己专精的川扬菜之外，他们也引进其他地方性中餐，例如当时菜单就增加“新香港厨房”（New Hong Kong Style Kitchen），贩售水晶虾饺、炸虾球、叉烧包、大肉包与烧卖等港式点心。此外，叉烧饭、三宝饭、烧鸭饭、油鸡饭、馄饨面、叉烧面与台式切仔面等也都能尝到。当时日本料理在纽约刚刚崭露头角，为了因应市场需求，位置最北的“帝国京都寿司”（Empire Kyoto Sushi）除了川扬菜，也提供寿喜烧、手卷、天妇罗、寿司等各色日本料理，为了带给顾客更好的食物质量，还特地从日本请来专业的寿司师父。

萧忠正太太曹淑容与张亚凤在新泽西的大西洋城，巧遇年轻时的现任美国总统特朗普（Donald Trump）与歌星迈克尔·杰克逊（Michael Jackson）。

1991 年存留下来的这份菜单当然无法涵盖所有菜肴，但仍反映出该集团的经营方式与餐馆知识已经十分成熟，厨师烹饪技术与人事管理也步上轨道，此时“蜀湘园集团”的招牌已在大纽约打响名号，川扬菜的味道也飘散在曼哈顿。不管是纽约客还是外地游客，如果要上馆子一尝川扬菜或者亚洲菜肴，“蜀湘园”绝对是首选之一！值得一提的是，纽约原本就是影视明星以及艺术家音乐家云集之处，不少人也喜爱“蜀湘园集团”餐馆的菜肴，就萧忠正记忆所及，影星沃伦·比蒂（Warren Beatty）、康妮·史蒂文斯（Connie Stevens）、波姬·小丝（Brooke Shields）、罗伯特·瓦格纳（Robert Wagner）、黛安·基顿（Diana Keaton）和彼得、保罗与玛丽三人合唱团（Peter, Paul and Mary），还有长笛家詹姆斯·高威（James Galaway）、小提琴家伊扎克·帕尔曼（Itzak Perlman）以及台裔美籍知名小提琴家林昭亮均造访过“蜀湘园集团”旗下餐馆，对菜肴也赞不绝口！

蜀湘园的危机与中国移民的挑战

1990 年代堪称“蜀湘园集团”的黄金时期，但这一时期也是它由盛转衰的分水岭。外在环境上，1980 年代中国结束“文革”并吹起改革开放的号角，到了1990年代，中国移民大量来到美国，不少人的第一份工作就是从事“移民三把刀”的工作，即剪刀、剃刀与菜刀。此时中式餐馆数量大增，许多华人餐馆又擅长以低价竞争招揽客人，因此“蜀湘园集团”旗下的餐馆纷纷受到打击。其次，曼哈顿的餐饮业原本竞争就相当激烈，来自世界各地的餐饮业都想在此地立足生存，可能短短几条街就有意大利餐馆、法国餐馆、拉丁餐馆以及熟食店（Deli），它们的出现均影响到“蜀湘园集团”的生意。再次，纽约（特别是曼哈顿）的地价与房租是世界数一数二的昂贵，这造成“蜀湘园集团”不少餐馆在租约期满后无法再负荷昂贵的租金而关门，“蜀湘园集团”餐馆只能无奈地一家一家地歇业了。

内在经营方面，经过十几二十年的扩张，“蜀湘园集团”也面临内部问题。首先是人事问题，股东之间针对餐馆的经营方向多有意见，造成集团内部经营上的困扰。其次，餐馆内不少员工没有取得正式身份而遭到移民局盘查，造成餐馆人员调动上的困难。再次，纽约的卫生局、劳工局与税务局也经常登门检查考核，为餐馆经营造成相当程度的困扰。在上述情况下，“蜀湘园集团”的餐馆一家接着一家歇业，目前为止只剩下两家餐馆，其中一家由张亚凤本人经营，另外一家由当年厨师大陈人沈师父的侄女沈台妹（在台湾出生的大陈人）亲自经营。

回忆蜀湘园

2016 年 4 月初纽约还是寒风凛冽，下午五点左右萧忠正刚刚结束每周二例行在“台湾会馆”的合唱团练习，此时的萧忠正虽少了昔日的潇洒，却更显成熟稳重。他坐在法拉盛“台湾会馆”内望向外面车水马龙的北方大道，喝着咖啡，缓缓诉说着“蜀湘园集团”如何诞生，达到高峰再逐渐走向谢幕的过程。他笑着说：“这样的剧本远非自己的人生可以规划的！但我享受并珍惜过去在蜀湘园集团与大伙一起打拼的岁月！”

今天曼哈顿上西区已非 1976 年萧忠正刚刚踏进纽约时的景象，社区治安的重整与公共设施的翻新带来一番新的气象，然而昂贵的房租也迫使许多艺术家与音乐家无法负担房租而纷纷离开。萧忠正仍记得当年经营餐馆时认识了许多住在上西区并常在林肯中心演出的艺术家，他们相当喜爱“蜀湘园”，也特别喜爱在用餐时与萧聊天并分享艺术表演心得。只可惜这些景象随着“蜀湘园”的陆续歇业，以及纽约大环境的变化，只能成为珍贵的回忆之一。

“餐馆送往迎来看似风光，但总有关门休息的一天的！”提起蜀湘园的结束，萧忠正难免黯然地说道：“当时我们几个人意外成立了‘蜀湘园’，一路看它成长茁壮，也黯淡哀伤看着餐馆一家接着一家停业，心里确实不舍。但在纽约经营餐馆确实不容易，要考虑的事情实在太繁复，而且有太多意想不到的状况发生。餐馆内的人事与金钱上的借贷关系也造成不少问题，这在华人社会尤其普遍，原本出自朋友之间的互助信任的金钱借贷，反而可能造成朋友之间的纷争与伤害，甚至形同陌路。这些纷扰，年轻时大家还能负荷，现在一大把年纪了，很多事情需要学会放下吧！”

2016年距离第一家蜀湘园餐馆开幕已经整整四十年，萧忠正没有忘记他向第一位推门进来的客人鞠躬哈腰的笑容，也没有忘记几年后餐馆座位不够时向顾客说抱歉的窘态，脑海中也经常浮现股东们面红耳赤地讨论餐馆未来如何经营，以及时常收到远从他州寄来的问候卡片，上面用英文写着蜀湘园菜肴的可口美味以及宾至如归的贴心服务……想起这些回忆，或者看到这些昔日景象，萧忠正的眼眶流下了几滴热泪。

萧忠正走出台湾会馆，缓缓地往家的方向前进，心里想着：今年年底就是蜀湘园四十年的纪念日，应该带老婆孩子回到曼哈顿97街与百老汇大道那里走走看看吧！

法拉盛骄傲的台湾料理：吕明森的“红叶餐厅”

从家乡到东瀛

比起萧条以及灰蒙蒙的 1960、1970 年代，1980 年代的纽约到处充满活力！贯穿大苹果不同地区的地铁满满是年轻人的涂鸦，年轻男女跳着迪斯科迎接经济复苏，城市治安也变好了。在皇后区靠近长岛的法拉盛社区，处处可听见说着闽南语的台湾移民，若在街角遇见熟人，经常会聊上几句：最近有没有哪些新开的餐馆或者便当店呢？如果天天吃那些“美式中餐”，那真的快活不下去了。

1983 年 3 月底春寒料峭，吕明森（朋友均称他 Morisan）在纽约法拉盛的“华商会”（FCBA）办公室以萨克斯风吹“望春风”，熟悉地唱着“独夜无伴守灯下，春风对面吹……”从窗户望出去，社区中心缅街（Main Street）与罗斯福大道（Roosevelt Avenue）附近的商店已经出现零散中文招牌，街道上东方脸孔渐多。喝完一口咖啡后，吕明森远眺拉瓜迪亚机场每隔几分钟就出现的飞机，感觉时机已经成熟，转过身对自己说："好吧！就在今年夏天，我决定要开业了！"

生于1936年的吕明森来自南台湾纯朴的嘉义，父亲在乡里悬壶济世深受敬重。吕明森自小家境较一般同学优渥，1950年代末期到淡江大学读书，当同学们多以脚踏车代步时，他就以一辆拉风机车闻名淡水小镇。从小对室内设计学习相当执着且有过人天赋的吕明森，在大学毕业后亟欲吸收新的知识养分，因此自学日文，并在1963年前往东京银座学习室内设计。在东京的两年光阴并未满足他对设计专业知识的渴望，但在就业压力下也只好先返回台北。从东京银座回到台北西门町，吕明森感受到当时日本与台湾的经济已经起飞，遂创立"台联"商业顾问公司，并创办《实业杂志》刊载现代管理知识。在朋友邀约下，他先后设计了台湾第一家较具规模且循日本经营模式的"西门超市"（在西门町中华路），以及带有欧美风格的"中美超市"（今天台北仁爱路附近）。

从岛内到纽约

在台北工作几年后，在朋友的怂恿与鼓励下，吕明森挥别故乡来到纽约，他还记得在机场道别父母亲时，眼泪哭湿了一整条手帕。1970 年代纽约经济萧条、破败不堪且犯罪率高，不过吕明森丝毫没有退缩的念头，直觉如此混沌不明的环境才可能有造就一番不同事业！凭借着室内设计的专业知识与日文能力，他先到皇后区法拉盛一家日本建筑公司上班。

今天的法拉盛社区已经闻名北美华人社群，但大家或许不一定了解 20 世纪法拉盛的发展历史。20 世纪东亚移民社群中最早到达纽约皇后区法拉盛的是日本人，时间是 1970 年之前。当时日本不少商社与公司设在曼哈顿，因此有一定数量的日本人与家眷移民或者短居纽约。法拉盛社区紧邻长岛快速公路（Long Island Express），又是地铁 7 号线往返曼哈顿时代广场的终点站，再加上邻近的可乐那公园（Corona Park，1964 年世界博览会举办地点，也是目前美国网球公开赛的举办地点），环境良好，因此成为日本人移居纽约的首选，甚至建了日本学校。后来日本人发现法拉盛当地水质欠佳，就迁往新泽西利堡（Fort Lee）与纽约上州威斯特彻斯特两地。1960 年代台湾留学生开始大量赴美留学，之后选择定居纽约，法拉盛即首选之一，之后韩国移民也来到法拉盛。1990 年代后大陆移民大量增加，法拉盛逐渐从“小台北”变成纽约第二个规模甚大的中国城。今天的法拉盛已经是中国移民美国的首选之一，在这里几乎可以尝到中国各地美味的地方饮食。

回到 1970 年代的法拉盛，吕明森在 1974 年与朋友在长岛开起以川扬菜为主的餐馆“四川朝代”，五年后，因为店租上涨加上朋友希望独自经营，吕明森只好回到室内设计这一行并成立“泛美建筑公司”。当时纽约残破不堪与经济萧条的景象看在吕明森眼里十分可惜，因此除了经营自家公司外，他另找上一些志同道合的朋友在 1982 年成立“华商会”，帮忙旧移民解决经商的疑难杂症，也辅导台湾新移民认识美国错综复杂的商业条例。

几年下来法拉盛商业环境逐渐成熟，吕明森的室内设计业务也步上轨道。闲暇之余台湾乡亲聚会聊天，觉得法拉盛虽越变越好，生活上却还是缺少了一些味道——原来是怀念故乡台湾浓浓的酱油味、炒菜猪油味，以及办桌时的热闹气氛。爱吃、能吃而且也会吃的吕明森在乡亲的鼓舞下，决定在法拉盛开一家地道的“台菜餐馆”，一方面把自己擅长的室内设计的元素与经验融入餐厅，另一方面把台湾料理的精髓带到纽约呈现给台湾乡亲与外国朋友。

华人移民海外，最关心的问题之一就是哪里可以找到好吃的家乡菜！毕竟汉堡、可乐与比萨这些食物吃久了实在会腻呀。

其实早在1960年代左右，法拉盛就有中菜餐馆，例如北方大道上的“林市”以及缅街上的“莲芳”，这些餐馆多是老广经营，菜肴也以美式中餐为主（例如杂碎、芙蓉蛋与炒面炒饭）。

从1970年代到1980年代，台湾在法拉盛的移民渐多，中餐特色也呈现多元化，吕明森回忆，这段时期法拉盛餐馆蓬勃发展，大抵分为几种类型：第一类是外卖餐馆，还记得的有“新华”与“东华”，类似台湾的便当店，相当经济实惠。第二类是广东人经营的餐馆，著名的有“香港楼”、从华埠来的“富记”与“乐记”，餐馆规模不小，是当时喜宴婚庆的好场所。第三类是台湾外省人经营的餐馆，例如“七海”“金山”“荔香村”“新华园”“中华楼”“状元楼”，主要是江浙菜、川扬菜与广东菜。第四类则是台湾本省人经营的餐馆，比较著名的包括附酒吧的“春秋阁”、法拉盛第一家自助餐“华王”、专擅海鲜料理的“龙虾屋”、提供川扬菜的“松竹园”、主打石头火锅的“华乡”，以及卖包子的“清香一品楼”。第五类是台湾大陈人经营的餐馆，例如“老戴记”。1955年国民党当局在美国第七舰队协助下从浙江外海等列岛撤退出的大陈人后来定居在台湾各地，之后不少人选择移居美国并担任厨师，法拉盛可算是美东地区规模较大的大陈人社区，自然也有不少大陈人餐馆。吕明森感慨地表示：餐馆开幕时人潮聚集，看似光鲜亮丽，但经过一段时间后，由于租金上涨、人事问题，或者股东意见分歧等因素，不少餐馆选择歇业，或者自然凋零了。

红叶餐厅的成立

正面迎向各项艰难挑战一直是吕明森人生价值观的一部分，当时即便眼见不少餐馆欢欢喜喜开幕后静悄悄地歇业拉下铁门，吕明森丝毫没有受到打击，反而更坚定要把味道好、品质佳的台湾料理带到纽约。

1983年夏天，写着“红叶餐厅”（Foliage）的招牌正式在法拉盛的38大道上挂起。在吕明森心中，一家餐馆能够成功，首先是招牌必须醒目好记，当时他灵机一动，决定给

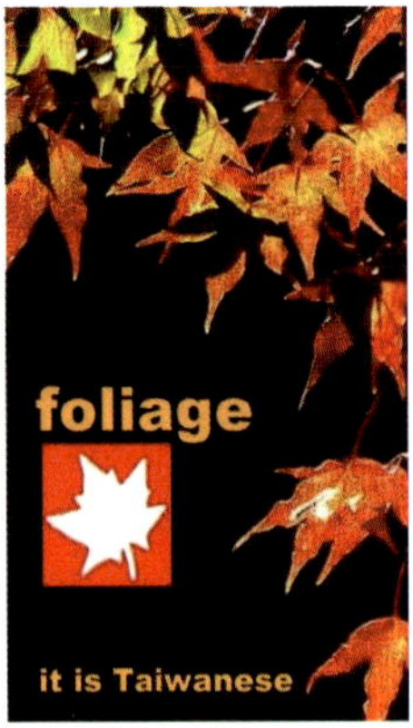

红叶餐厅的 logo。

餐馆取名“红叶”！他想起年少时留学日本，被秋天渍红的枫叶深深感动过，加上台湾料理受到日本饮食影响甚深，两种文化均强调树叶的意象，带有浓浓的季节感寄托，如此一想，觉得“红叶”是再适合不过的店名了！

1980 年代中期纽约法拉盛已有不少台湾移民，有些人来此追寻“美国梦”，希望带给家人与下一代更好的生活与教育环境，有些人来到美东留学，毕业后选择留下来。然而，偌大的法拉盛社区虽有不少中式餐厅，但贩售台菜的寥寥无几，较具规模的只有“春秋阁”与“龙虾屋”，其余餐厅大多贩售排骨饭、鸡腿饭或面点等简单菜肴，可以说并无一家真正专卖“台湾料理”的餐厅。由于缺乏地道的台菜餐馆，逢年过节或者喜庆寿宴之际，住在法拉盛的台湾乡亲只能到曼哈顿华埠聚餐，或者从超级市场选购食材回家自己烹调。每每想到这些景象，吕明森就摇摇头，胸口觉得闷闷的，如此乡愁更加深他要把台湾食物的丰盛与美好带到纽约的决心。

在“红叶餐厅”开幕前，吕明森对当时纽约以及法拉盛的餐馆生态已观察多时。在菜肴消费上，当时纽约的中餐馆除了美式中菜外，多是广东菜与川扬菜。菜肴也普遍味道较重，烹饪方式多是油炸或用过多勾芡与调味品烹制，端上菜桌很难尝到食物的真正味道。20 世纪 80 年代中国大陆刚刚打开封闭已久的大门，纽约客对中餐的历史与饮食文化认识有限，以为尝到甜甜酸酸的左宗棠鸡或者青椒牛肉就是地道中国菜，更遑论认识富有地方特色的“台湾料理”。在此情况下，吕明森更希望能让顾客尝到故乡台湾的菜肴味道。

吕明森坚信顾客对一家餐厅的第一印象来自门面设计与店内的装潢摆设，而他深具设计天赋又经验丰富，自然不会错失这次机会帮红叶餐厅打点好门面。年轻时即醉心于日本文化中简单却颇富哲思的设计理念，吕明森将日本元素精心巧妙地安排在餐厅内外。首先，餐厅入口处左侧放置一块材质佳的石头并标示餐厅英文名字，灯光由下往上照，显示出招牌的层次感。大门以深色木材制作并写上“红叶”的中文名字，踏着阶梯由外而内，让顾客光临红叶之前即感受到一种神秘感。进入餐厅后再以一条小廊连接大门与用餐大厅，由小而大，由近而远，展现室内空间的层次感，让顾客在视觉上有“柳暗花明又一村”的期待。

大厅是餐馆精华所在，为了让客人在用餐时心旷神怡，没有任何压迫感，吕明森采用高挑的设计。一楼大厅可以容纳一百多位顾客，周围再以空中阁楼环绕，如此一来不仅室内空间获得充分利用，一、二楼顾客也可相互辉映，炒热用餐气氛。大厅一旁还设置有小酒吧与咖啡廊，可供新旧朋友聊天认识，是正式餐饮聚会前的“快乐时光”（Happy Hour），这是美式餐饮相当重要的文化之一。

喜爱热闹且活泼大方的吕明森不喜欢华人传统饮食的大圆桌，这种圆桌文化把大家统统摆在一起，也不管彼此认识与否，而且老的总是聒噪喋喋不休，小的还得正襟危坐捣蒜点头称是。为了革除这种用餐陋习并增进顾客间的交流，红叶餐厅兼具包厢与大厅，前者注重隐秘性，后者呈现开放式，并设置舞池、舞台以及一架大钢琴，以乐团现场驻唱炒热用餐气氛。寻常时间会有轻音乐演奏，五六日三天则有大型乐团与著名歌手演出，既有纽约的华人乐团，也有远从台湾来的知名艺人，并且配合鼓手、贝斯手与钢琴演奏西洋经典歌曲、日本老歌或者闽南语歌曲，让用餐气氛高潮迭起。晚餐时间曾聘请当时著名琴师刘嘉韵女士演奏歌曲，从台湾怀旧歌曲到日本演歌，再从美国蓝调唱到重金属歌曲，让顾客不仅在味觉上享受故乡台菜味道，在听觉与视觉上也带来

红叶餐厅外在设计。

红叶餐厅内部的精致装潢。

双重的舒适飨宴。

舞台上载歌载舞，吕明森也没有忘记舞台下的顾客，不惜重金引进当时在纽约相当少见的卡拉 OK 设备，让顾客尽情地大秀歌舞并欢唱各种歌曲。相当认同台湾文化且喜爱唱歌的吕明森还在餐厅开业一年后（1984 年）的母亲节举办一连三天的闽南语歌曲大赛。听到如此消息，大纽约的台侨简直乐坏了，大家扶老携幼来到红叶报名，希望用闽南语歌曲纪念母亲节，同时把想念故乡的乡愁传递至太平洋那端的台湾。由于歌唱比赛受到意外欢迎，吕明森同年七月又与“纽约华商会”举办“闽南语歌曲大赛”，强调不拘男女老少，比赛首奖还可以获得纽约台湾来回机票一张，第二名有 19 寸彩色电视一台，第三名是立体电唱机一台。歌曲比赛原本就紧张刺激，再加上丰厚奖品激起参赛欲望，不少人摩拳擦掌准备一试。这年夏天纽约法拉盛充满了浓浓的台湾味道。

20 世纪 80 年代交通网络与联系方式不如今天方便，特别是旅居美东的台侨返乡大不易，每每乡愁涌上心头，只能借着越洋电话或者照片纾解思念之苦。顾及到此，吕明森费心找了不少比赛的“必唱歌曲”，希望借此唤起大家对故乡的回忆，其中有童谣《丢丢铜仔》与《天黑黑》、歌手陈达的《思想起》、民谣《六月茉莉》、邓雨贤的《望春风》、日据时期歌曲

红叶餐厅的驻唱歌手。

《雨夜花》、邓丽君唱红的《心酸酸》、文夏的《港边惜别》、杨三郎作曲的《望你早归》、代表府城的《安平追想曲》、郭金发的《烧肉粽》、洪荣宏的《一支小雨伞》，以及沈文程的《心事谁人知》。吕明森要求所有参赛者务必从以上歌曲选出一首，再搭配一首自选歌曲参赛。他回忆道，在台下听到这些动人歌谣时，他总是潸然泪下，嘉南平原绿油油的稻田以及纯朴自然的农村景色经常浮现在脑海中。

经过吕明森巧思设计的餐厅装潢，再加上耗费成本的舞台驻唱，以及精心筹划的歌唱比赛，“红叶”餐馆的名声逐渐在大纽约华人与洋人社群打出知名度。不过，一家餐馆能够长久经营的关键条件还是得靠厨房里端出来的丰盛菜肴。

为了跟纽约其他中式餐馆的菜肴有所区别，吕明森企图以新鲜食材与特有的台式菜肴掳获顾客的味觉。他从台湾饮食文化的“海产摊”获取灵感，在红叶大厅旁特别设置一个“海鲜摊”专区，上面以冰块铺陈并摆上当日从纽约市“南街渔港”（South Street Seaport）送来的海鲜食材，顾客可以“现点现炒”，由于这些游水鱼虾肉质鲜腴，不管是采传统台味清蒸烧煮，或者以美式油炸方式上桌，顾客们莫不赞扬一番。搬到纽约之后，吕明森相当怀念台湾海产摊老板热情招呼客人，勤快地介绍新鲜食材，并且与客人小酌两杯的那份情感，因此他也要求红叶厨师务必多与客人打招呼，主动问及对方喜爱的烹饪方式，把人与人相处的感情带入食物的交流之中。

餐馆在美国的经营方式与台湾略有不同，一般而言午餐客人较少，因此红叶推出“经济实惠”的午餐，同时结合日本定食观念，备有美金 25 元的 A 餐，15 元的 B 餐，以及 10 元的 C 餐，任君选择。午餐方式虽然相对简单，但吕明森对食物内容丝毫不马虎，专程聘请原本在台北“琴屋台菜餐厅”掌厨的曾传明师傅打点，把经济却不失实惠的台菜料理带到纽约乡亲的胃里。晚餐则是红叶餐厅的强项，一方面高薪聘请曾在“台北海霸王”与“蓬莱阁餐厅”担任大厨的胡秋平先生掌管菜肴，另一方面特别开设“消夜餐点”供远近朋友聚餐联谊。

为了掌握餐馆营运状况并保持菜肴新鲜美味，吕明森经常在开店前以及晚上休息后的时间，找来经理与两位大厨曾传明与胡秋平一同讨论营业状况，问及食材进货是否正常、厨房是否保持卫生清洁以及顾客反应如何等。在同心协力合作下，红叶餐厅总是大纽约地区台菜的首选。顾客坐下后翻开精美菜单，这里备足了台湾传统小吃、热炒系列、清粥小菜、消夜与高档宴席菜，简直把台湾料理原封不动地搬到纽约法拉盛了！

台湾传统小吃向来象征乡亲旅居海外的乡愁，尝到鲜美的蚵仔煎，仿佛闻到台湾海峡的海水味，扒进一口台南米糕，仿佛置身古都台南的小巷，为了让异乡的乡亲大啖故乡滋味，吕明森吩咐餐馆厨师务必准备多道台湾小吃，包括筒仔米糕、鸡卷、肉圆、蚵仔煎与肉粽。此外，来自嘉义的吕明森对水产海鲜十分娴熟，强调台湾四面环海，水产海鲜绝对是台菜的精华所在，这也是红叶规划“海产摊”的缘故，不论是炒海瓜子、煎土魠鱼、菜脯蛋、九层塔炒螺肉，还是五柳枝鱼，样样色香味俱全。纽约的冬季长且寒冷，因此“红叶”也推出“火锅系列”，专攻鱿鱼螺肉蒜、瓜子鸡、当归羊肉炉和汕头沙茶火锅，热乎乎的火锅在冰天雪地的纽约立刻成为顾客用餐首选。

有趣的是，吕明森对饮食文化的风向相当敏锐，例如1980年代“曾德自助火锅城”曾风靡台北，“红叶”也因此顺势将这种消费方式引进红叶，提供猪肉、牛肉、羊肉、鸡肉与各式海鲜，任顾客自选食材烹饪，这在当时纽约是前所未有的饮食经验。

吕明森对台菜的野心并未就此止步，年少时在嘉义尝过的“办桌菜肴”让他至今难忘，例如以放山鸡做成的烧酒鸡、麻油鸡和三杯鸡，煮好后打开瓮盖的一刹那香气扑鼻实在难忘。还有阿嬷味道的红烧蹄膀、佛跳墙以及红蟳米糕，这些菜肴经常勾起他童年时家里邻居办桌、庙埕建醮大拜拜[①]，或是结婚喜宴的回忆。为了重温这些珍贵回忆，吕明森吩咐几位大厨研发宴席菜肴，让纽约地区的公司行号可到红叶聚餐或举办尾牙。宴席菜耗工费时，为了节省店家与顾客时间，“红叶”推出一桌美金二百元的“梅桌”、二百五十元的“兰桌”、三百元的“菊桌”、四百元的“竹桌”以及五百元的“松桌”等，如此一来价格清楚且附上详细菜名，短时间内就有不少社团订桌聚餐。值得一提的是，吕明森年少时留学日本，他的流畅日文与慷慨作风也赢得不少日籍顾客信任，1980年代不少日本商社常驻曼哈顿，约略有日通、佳能、日立、日本航空、三菱、日产以及丰田汽车等，他们经常来到红叶聚餐，并且惊讶法拉盛竟有如此高格调的餐馆与美味的台湾料理。

在吕明森的台湾饮食文化中，“消夜”也是不可或缺的

① 庙埕，庙宇前的大广场；建醮，即举行醮典，亦称打醮、造醮或斋醮，指僧道设坛迎神的祭典；大拜拜，奠基建醮等重大庆典时所举行的仪式。——编者注

一项。回忆小时候在故乡嘉义，晚上读书或者课后辅导结束，几个好朋友相邀到庙口吃一碗阳春面再配上一碟豆干、海带与猪头皮才回家。稍长后到东京银座读书，几位志同道合的台湾留学生也时常到居酒屋小酌，畅谈人生志向。受此影响，吕明森自然对“消夜”怀有特殊感情，因此红叶菜单内也少不了“消夜”，特别规划晚上十点到凌晨两点是“消夜时间”，提供番薯粥并搭配酱菜、卤豆腐、咸鸭蛋和简单青菜，让纽约的台湾乡亲在隆冬深夜也可享受消夜。

经过一年半载的胼手胝足，红叶餐厅在吕明森与贤内助、几位大厨以及餐厅工作人员努力下生意蒸蒸日上，1985年更荣获纽约皇后区经济发展委员会颁发的“皇后区杰出商业奖”，表扬红叶餐厅在室内设计、菜肴烹饪、卫生管理以及娱乐文化方面均有创新，有别于华埠与法拉盛的一般中式餐馆，吕明森也是该奖创设以来第一位获此殊荣的华人，1980年代当红的《纽约时报》饮食评论家弗洛伦斯·法布莉坎（Florence Fabricant）指出，红叶餐厅最为人津津乐道的是海鲜的烹饪方式，与美国认识的传统中菜相当不同，真正可以吃出海鲜的鲜美甘甜。她也强调，红叶其他菜肴也颇具特色，尤其把台湾传统小吃引进纽约（油饭、鸡卷与蚵仔煎）实属难得，走进红叶再出来，仿佛吃遍了台湾所有美味的食物呢！

红叶餐厅今天已经不复存在，当年位于缅街教堂斜对面的旧址也历经不同店家行业，法拉盛当然也不再是三十年前的小台北了。尤其1990年后中国各地移民大量增加，法拉盛的台菜料理式微，走出地铁7号线充斥着大江南北味道的中式菜肴，满街中文招牌与中国各地方言，仿佛身处中国某省省会。吕明森在纽约居住已经超过四十年，“红叶”虽是他生命中偶然出现的作品，经营时间也只是短短的从1983年到1987年，但这四年的时光却带给他许多美好回忆。那些曾经造访的朋友顾客，一起共事过的大厨员工，以及娓娓道来的故乡记忆中的菜肴，经常涌现脑海中。每当唱起“望春风”，顿时将他拉回到三十年前的法拉盛，站在“红叶”门口招呼远近来到的朋友，街头巷尾多是熟识的朋友老面孔，那是个充满台湾人情味的纯真时代，但也是个一去不复返的美好岁月！

台湾珍珠奶茶在纽约：CoCo 茶饮与 ViVi 茶饮的故事

香浓的珍珠奶茶：纽约 CoCo 与 IRIS

今日的纽约法拉盛跟台北、香港与上海好像没什么不一样了。在这里甚至可以找到比亚洲更正宗的排骨饭、点心饮茶或者江浙菜肴。走出餐馆，街上尽是华人脸孔以及普通话，招揽顾客的店家招牌也是密密麻麻的中文繁体字。从前这里被称作“小台北”，店家多设在地铁 7 号线终点缅街与罗斯福大道两侧，几十年过去了，不曾间断的移民与日新月异的科技拉近东亚与美东的距离，昔日浓浓的乡愁似乎慢慢退去了。

2016 年 3 月中旬的纽约，早晨仍透着寒意，法拉盛缅街与罗斯福大道已经人声鼎沸，一片热闹，但坏的就是两侧人行道片片油渍，街头巷尾遗留下昨夜的垃圾，整个社区环境与纽约曼哈顿著称的时尚前卫出入甚大。我跟林庆甫(Sam Lin)约在他位于法拉盛的面包店IRIS(全名是IRIS Tea & Bakery)见面。推开门入内就被精致景象吸引：高挑的天花板挂上几串前卫灯饰，一旁是窗明几净的玻璃以及摆放整齐的各式面包，店家也提供冷热饮，可以感受出店家刻意营造与法拉盛其他面包店家不同的气氛。

初次见到林庆甫，印象十分深刻，他给人的第一印象是诚恳稳重的态度以及温和客观的谈吐。他的父亲来自终年艳阳高照的南台湾屏东满州，他自己则在台北出生长大，1997年到纽约大学史登商学院攻读EMBA。毕业后曾到华尔街的德意志银行工作，但总觉得那里是个人生大赌场，说穿了就是每天在一堆数字游戏中生活。回台工作三年后，他考虑是要前往大陆发展，或者回到纽约创业。与家人长谈后决定回到纽约，由于美国商业规则相对完善，他对纽约整体环境更熟悉，美国教育对将来小孩们也相对有利。

2003年初林庆甫和台湾的“快可立”珍珠奶茶合作，并于当年6月14日在法拉盛“中美超市”对面正式开业。回忆起十几年前的事情，他的脸上还是带着一丝骄傲，他强调：当时珍珠奶茶在纽约刚刚起步，谁也不敢预测这样的投资是否正确，说心里不害怕是假的！毕竟这里是纽约，是许多创业家实践梦想的地方，但也有不少人葬身此地。

第一家“快可立”站稳脚步后，第二家店于 2005 年 5 月在曼哈顿华埠格兰街（Grand Street）开设，除了提供珍珠奶茶等冷饮，更是第一批引进日式涮涮锅的商家之一。林庆甫谈起那段时光：“当时曼哈顿卖台湾珍珠奶茶的店家只有‘天仁茗茶’，我们生意之好简直难以形容，总之排队人潮就是很长很长……”

除了“天仁茗茶”，当时纽约贩卖珍珠奶茶的店家另有香港“小歇”及加州来的“品客多”（2001 年开业，但后来经营发生问题而于 2004 年歇业），可以说珍珠奶茶在纽约冷饮市场才刚刚起步。五年左右，纽约才陆续出现其他的珍奶冷饮业者，例如“功夫茶”“日出茶太”以及 ViVi 茶饮（本文第二个故事）。林庆甫与来自台湾的“快可立”一直合作到 2011 年，之后又与另外一家冷饮公司 CoCo 合作。CoCo 的总经理是林庆甫在纽约华尔街工作时的朋友，大家经营理念相同，因此林庆甫决定帮 CoCo 开拓纽约的珍珠奶茶市场。

纽约 CoCo 创业之道

走在曼哈顿街头，游人如织，人手一杯咖啡香味四溢，咖啡连锁店与个性咖啡店已经遍布街头，不过眼尖的人可以发现，近二十年来，纽约客对东方文化的兴趣一直提升，街头巷尾经常可见“瑜伽”与“禅学灵修”等招生课程，亚洲菜肴更是深得纽约客青睐，日本料理与拉面店总是爆满，泰国菜与越南菜餐厅也是人声鼎沸。此外，这三十几年来大量中国移民来到纽约，先后驻足法拉盛、曼哈顿下东区与布鲁克林第八大道，再加上原本的曼哈顿华埠，到处都可看到中式餐馆、闻到酱油飘香。更重要的是，在东方世界具有关键角色的“茶”在纽约也逐渐热门，东村开了好几家日本茶馆，格林威治村也有不少贩售东方茶叶的专卖店，不少纽约客开始认识东方茶饮的知识，并且学习如何品茶。

CoCo 茶饮恰恰在如此背景下受到纽约客喜爱。有趣的是，珍珠奶茶的消费形态与传统中国和日本的饮茶不同，它的成分是以红绿茶加上牛奶与粉圆（木薯、地瓜粉与马铃薯粉）制成，同时可以增加不同的配料（topping），把冷饮内容以多元色彩与不同层次的味道呈现出来，再加上手摇珍珠奶茶动作帅气有趣，短时间内纽约客对此趋之若鹜，因此 CoCo 茶饮店前总是门庭若市。

经过几年的筚路蓝缕，林庆甫目前在大纽约已经拥有

林庆甫经营的第一家“快可立”泡沫茶饮店。

14 家 CoCo 茶饮店，一家面包专卖店 IRIS，以及一辆专售 CoCo 茶饮的快餐车（food truck），我很好奇地问他：“这里是纽约，不是台湾，同时经营 15 家 CoCo 珍珠奶茶冷饮店，你是如何办到的呢？”

林庆甫的回答让我印象深刻。他强调在经营策略上偏好“直营方式”，因为他看过太多“加盟方式”失败的例子。直营店在管理上比较费心费力，但自己可以全权处理。加盟方式虽然可以让店家快速成长，帮店家快速建立知名度，但管理上容易各自为政，各个店面的食物质量也会有落差，容易遭到消费者诟病。有些冷饮加盟店为了多赚些钱，兼卖寿司或类似台湾自助餐的“三菜一汤”，虽然为顾客提供了便利，但也会牺牲消费者对冷饮店家的专业度的信赖感。因此林庆甫的纽约 CoCo 与台湾的 CoCo 是合资，但纽约的 15 家店面全属直营店。

CoCo 的经营策略

经营者应该都会同意：要开一家会赚钱的店铺，最先考虑的条件一定是地点。对纽约饮食生态相当了解的林庆甫也不例外。为了让纽约客与游客有机会尝到拥有特殊风味的台湾饮品，CoCo 茶饮在曼哈顿、皇后区与布鲁克林三大地区均有据点。曼哈顿店家的消费目标是每年吸引成千上万的观光客，亚洲移民的大本营皇后区则以当地社区居民为主，而流动性极强的冷饮餐车可以在大街小巷四处走动，提升 CoCo 茶饮在市场上的曝光率。因为冷饮店无法像纽约餐厅以成本高昂的装潢吸引顾客，CoCo 茶饮更强调以地点便利性取胜。店面多设在地铁站附近，方便游客就近购买。

“除了严选地点之外，人事管理也相当重要！”林庆甫紧接着说。在员工聘请训练上，林庆甫发现应征员工来自大陆的比例相当高，甚至不少人毕业于北大、清华、同济、复旦以及中山大学等一流高校，之后来美国攻读硕博士学位，利用毕业后与正式工作前的时间来应征工作，毕竟毕业后要马上找到一份工作不容易。林庆甫相当乐意帮助这些年轻人，只要愿意学习并经过训练，将来可以担任兼职或者全职员工，如果工作认真且有杰出表现，他也从中选出店长，诚挚地邀请他们加入股东成为事业伙伴加速业绩成长。

“当地点与人事问题解决后，接下来就是冷热饮品质的维持，尤其这几年大家看到太多食品安全问题，包括起云剂、不当添加物、色素，还有质量不良的茶叶，如果不能严格管理饮食流程，那么食品安全问题可能随时发生。”林庆甫以谨慎的口气强调，餐饮生意最基本的原则是保障消费者的饮食安全，况且这里是美国，如果顾客发生食品安全问题，那可是相当严重的事情！为了控管质量，泡好后的茶必须在四小时内卖出，否则时间一久茶叶味道变质，不但无法制出好的冷饮，也可能出现卫生问题。各种配料如荔枝椰果、芦荟、西米露、红豆、仙草冻、荔枝冻、布丁、木薯、芒果酱与百香果酱等也都从台湾进口。

纽约华人或者东方游客对珍珠奶茶绝不陌生，喝惯咖啡的西方游客对珍珠奶茶的接受度也相当高，他们经常讶异于颜色多元的冷饮外表，以及多层次口味的茶饮与配料。而

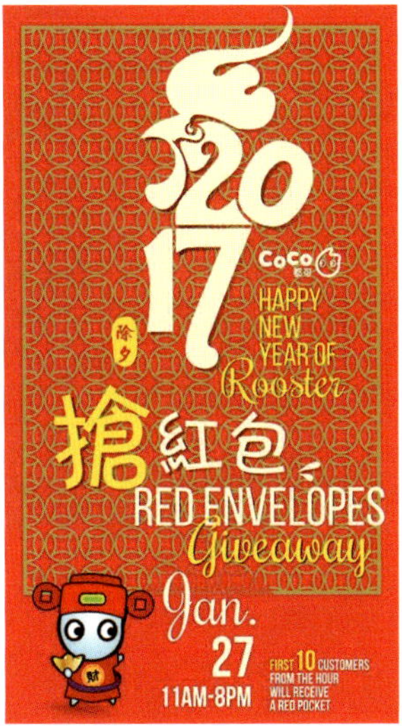

Coco茶饮店参与纽约社区活动logo。

Coco 茶饮店工作人员与宣传活动。

Coco 茶饮店的宣传活动。

对于经常走路且上下地铁的纽约客或者观光客而言，能在口渴时喝上一杯香醇的珍珠奶茶也确实过瘾。但想在餐饮业竞争激烈的纽约立足，CoCo 茶饮也精心经营社区认同。在亚洲移民较多的皇后区与布鲁克林，他们经常举办反馈活动，例如华人新年红包、大都会棒球队胜利的折扣、情人节活动、台湾社团联谊，把台湾的饮食文化融入纽约街头，通过一根吸管与丰富的茶饮配料，把台湾茶饮文化的多元与精致展示给世界不同国家的人。

面包品味的追求：IRIS 面包点心店

林庆甫的另一个梦想是经营一家有质量、高格调的面包店，这几年从曼哈顿的华埠、布鲁克林的第八大道，乃至于皇后区的法拉盛，除了各式餐馆竞相涌现外，另一个特色是大量面包小食店陆续出现，例如著名的“大班”“美心”与“发达西饼”，这些店家惯以面包分量大且价格低廉取胜，适合朋友见面聊天，是纽约华人相当喜爱的小歇据点。另外一种面包店是韩国人经营的巴黎贝甜（Paris Baguette）和多乐之日（Tous les Jours），店家装潢相当雅致，用餐环境舒适，服务生穿着富有设计感的制服，冷热饮与蛋糕面包的质量也相当好，不仅吸引亚洲消费者，甚至不同族裔的纽约客也相当喜欢。

为了提升华人面包店的品质，林庆甫陆续在曼哈顿东村、皇后区的赫姆斯特与法拉盛开启了三家 IRIS 面包店，目前仅法拉盛店仍在经营。我去访问他的这一天，恰恰遇到 IRIS 面包刚从烤箱出炉，我循着浓浓的香味来到面包柜前，细数之下面包种类包括台式菠萝面包、北海道菠萝面包、起酥肉松面包、帕马森热狗面包（parmesan hot dog bread）、芋泥骰子（taro cube）、日式蛋塔蛋卷（Japanese roll cake）、日式芝麻鲔鱼面包、抹茶蔓越莓乳酪面包（Mocha cranberry cream Chinese bread）。与纽约华人面包店不同的是，IRIS 每个面包种类旁均附上保存温度、出炉时间，以及制作成分等，让顾客买得实在也吃得安心。林庆甫强调，纽约卫生局对食品安全的检查相当严格，经常派遣执法人员来到店家抽检，也会以“温度计”随机检查含有肉类、干酪与蛋类的面包食物，如果测到肉类温度低于 140 华氏度（60 摄氏度）就会不合格。因此他相当自豪自家产品能符合这样严格的标准。

此外，有了 CoCo 茶饮作为强力后盾，IRIS 的冷热饮阵容也十分坚强，我往墙上一看就有日式奶茶、冲绳黑糖奶茶、静冈抹茶奶茶以及浅草樱莓奶茶，这些冷饮系列也可以加珍珠、红豆、椰果与有机奇异果等配料。当然，唤醒纽约客一天开始的各类咖啡也是必不可少的。

林庆甫对 IRIS 的经营策略与 CoCo 相似，除了加强自身食品的检查外，也经常结合社区活动嘉惠居民，例如纽约大都会棒球队打进“世界大赛”的话，IRIS 会推出“买一送一”的优惠方式，其他活动包括华人农历新年、情人节、端午节或者中秋节等，IRIS 也会推出应景活动。此外，法拉盛著名的喜来登饭店近在咫尺，IRIS 也因为制作精良美观大方的结婚蛋糕通过喜来登酒店的严格考验，成为专属且唯一的供应商。

为了提升 IRIS 的经营质量，林庆甫已在纽约皇后区成立一个 3000 平方英尺（约 279 平方米）的制作面包糕点“中央工厂”，在那里先把面包原料的雏形做好，之后送到各个门市发酵制作，如此一来可以减少面包与糕点的制作时间。目前法拉盛的面包糕点已经进入战国时代，前有韩国优质的巴黎贝甜与多乐之日，后有价格低廉以量取胜的“大班”“美心”与“发达西饼”，夹在中间的 IRIS 必须加快脚步，把具有台湾特色的面包饮食文化发扬光大！

在纽约已经生活多年的林庆甫发现，随着台湾移民的减少，过去台湾移民擅长经营的超级市场与餐馆已经走下坡，很难与来自大陆各地的移民一较高下。然而，就冷热饮与面包餐点而言，因为大陆移民在纽约经营餐馆的策略还是以“削价竞争”为主，缺乏日本或韩国业者以建立“优良品牌”为主的长远经营方式，因此短时间内或许可以获得一定利润，长期下来对店家的质量会造成恶性的影响，所以强调质量的 CoCo 及 IRIS 还是有竞争优势的。

经过几次的访谈见面，再对照林庆甫给我看的他年轻时的照片，我发现，十年前刚到纽约时青涩模样的林庆甫，如今已经蜕变成一位成熟谨慎却不失大方幽默的老板了。他笑着说：今天事业小有成就，非常感念年少时从故乡台湾学习到刻苦耐劳的精神。他此时又告诉我，他在曼哈顿上还有一家类似台湾“四海游龙”的锅贴豆浆店，名为 DiDi（中文发音似“弟弟”），恰恰与 Coco（中文发音似“哥哥”）相互呼应。这家 DiDi 自 2011 年开业至今已五年了，店内有锅贴、水饺、玉米浓汤与酸辣汤等，为纽约客提供另一项亚洲饮食选择。林庆甫不惧怕任何挑战，更一心将台湾特色的饮食文化带到纽约，因此台湾珍珠奶茶才能扬名海外，纽约街头也能飘着浓浓的家乡味。

第二代大陈人在纽约：纽约 ViVi 黄绍龙的故事

四月初的纽约细雨霏霏，再加上远从皇后区牙买加到布鲁克林第八大道社区搭地铁耗时甚久，几乎懒得出门，我已经打算要延迟与纽约著名珍珠奶茶 ViVi 老板的访谈了。但此刻热心帮忙促成我与 ViVi 老板约见面的好友许伯丞发来短信："黄老板已经在等你了！快点赴约吧！"我只好披上夹克，三步并作两步地跳上公交车再转好几班地铁直奔布鲁克林第八大道。

"第八大道"俗称纽约第三个中国城（有别于华埠与法拉盛），主要是刻苦耐劳的福州移民发现曼哈顿下城东百老汇一带已经饱和，因此越过东河来到布鲁克林寻求商机，久而久之便变成今天华人移民聚集的第八大道。我心里想："如果按照目前中国人向往移民纽约的热情，或许第四或第五个中国城很快就会在纽约出现了。"

与 ViVi 老板黄绍龙约在刚刚开幕的台湾盐酥鸡专卖店"去啃"（Chi-Ken）访谈，第一次见面就感受到他的热情。见我淋了一身雨，他马上拿出热腾腾的看家小吃台湾炸鸡排请我，一咬下去之后我仿佛回到自己熟悉的台湾夜市，油滋吱的鸡肉味道真是尽在不言中呀！

1976 年出生的黄绍龙于 1991 年移民到美国纽约。他的父亲是台湾大陈人，大约于 1980 年代来美，曾在纽约长岛的“川园”江浙餐馆担任大厨，烧得一手好菜，黄绍龙回忆起父亲烧的江浙菜，总是赞不绝口。黄绍龙来到纽约后一边读书，一边在法拉盛罗斯福大道上的中华书局打工，因为酷爱日本漫画书，索性开起三家漫画书店，不少台湾朋友喜欢来此租书，享受漫画情境中的无穷乐趣。这三家漫画书店的经营时间为 1999 年到 2009 年，之后不敌网络时代的兴起，只好关门歇业。

当时他注意到珍珠奶茶店家在纽约已经出现，受到林庆甫经营“快可立”的启发，决定投入珍珠奶茶的创业，并以女儿的名字 ViVi 作为店家名称。2007 年黄绍龙的第一家珍珠奶茶热闹地在曼哈顿华埠佰野街（Bayard Street）49 号开幕，除了以珍珠奶茶为主的冷热饮外，也兼卖台湾小吃与盐酥鸡。然而隔行如隔山，经营冷饮店对黄绍龙来说完全是一项新的尝试，为了熟悉冷热饮的制作过程，他花时间也下足苦功夫学习店家冷热饮的原料成分、茶叶知识，以及泡制技术等。为了提升 ViVi 所有冷热饮的质量，黄绍龙还曾专程前往台湾学习三个月，回到纽约后大幅调整了产品内容重新出发。

位于华埠的第一家 ViVi 生意稳定成长，到了 2013 年第二家 ViVi 在曼哈顿第七大道与 23 街附近成立，当时生意步上轨道，了解打铁趁热的道理，黄绍龙第三家 ViVi 又在华埠另一端开幕，第四家 ViVi 也在下城华尔街成立。在经营策略上，黄绍龙采取台湾加盟方式，因此店家数量成长迅速，目前大纽约已有多达十几家 ViVi 珍珠奶茶，甚至连外州芝加哥、得州、康州、费城与佐治亚州也有加盟店。总的来说，黄绍龙旗下的 ViVi 珍珠奶茶加盟店在美国已经多达三十几家，预计近期内进军美西加州。

面对十几家 ViVi 冷饮店，黄绍龙花了相当多的心思在店家经营。在员工聘请方面，与林庆甫的 CoCo 相似，黄绍龙的员工也以年轻亚洲人为主，员工来自台湾、香港与大陆。台湾员工从小就熟悉珍珠奶茶的文化，因此职业训练上容易上手，至于香港与内地员工的培训就得多花一些心思。

此外，在华埠地区上班的员工要多了解华人的冷饮习惯，例如华人顾客介意糖分添加的多寡，必须事前询问清楚。至于洋人较多的观光区要娴熟英语的使用，必须清楚地告诉顾客冷热饮的成分，甚至可以讲些东方的饮茶文化。此外，黄绍龙也十分注意自己店家的所有冷热饮必须符合纽约

黄绍龙的 ViVi 珍珠奶茶专卖店。

市的食品卫生标准，他微笑地说:“做饮食生意就是要秉持良心!”

当ViVi珍珠奶茶步上轨道之后，黄绍龙并没有满足现状，希望引进更多好吃且有台湾特色的小吃到纽约来。此时他灵机一动，那何不把台湾著名的“盐酥鸡”文化带到纽约呢!

从2013年起，黄绍龙就精心筹划成立一家卖台湾盐酥鸡食品的专卖店。从2013年到2016年整整三年时间，黄绍龙自己研究盐酥鸡如何制作，包括鸡肉选购、腌制以及油炸的技术，也抽出时间回台湾观摩台湾盐酥鸡店家的营运模式，最后发现“橱柜玻璃”方式相当适合纽约的经营方式，一方面让顾客一目了然地选取自己喜爱的食物，另一方面也符合纽约市的卫生标准。

经过三年的筹备，黄绍龙取名为“去啃”(Chi-Ken)的盐酥鸡专卖店终于在纽约第三个中国城，即布鲁克林第八大道热闹开幕了，并强调这是纽约“台湾第一家盐酥鸡连锁店”，有别于其他店家经营的台湾小吃。

访问黄绍龙那天晚上凄风苦雨，我寻觅许久才找到这家“去啃”，走在布鲁克林第八大道靠近“去啃”时，我远远就闻到那股熟悉香浓的台湾盐酥鸡的味道。到了店家外面，映入眼帘的是设计时尚且简单大方的装潢，店家门面写着 Taiwanese Popcorn Chicken Store 几个英文字，我就知道来对地方了！

入门瞧瞧，店家左边以“玻璃透明柜”展示所有食材，顾客可以随意点取自己想吃的食物，再由后厨油炸，室内摆上数张桌子供顾客内用。我坐在店内访谈黄绍龙，他也大方地请我试吃店家招牌的“脆皮盐酥鸡”，我一面啃着盐酥鸡，一面听着他如何努力地创立 ViVi 珍珠奶茶以及这家“去啃”台湾盐酥鸡。

“去啃”虽然主打盐酥鸡专卖，但是周边台湾小吃相当多元，黄绍龙把店内所有食品分成六大区，分别是“鸡肉与肉串区”“海鲜区”“蔬菜区”“台式盖饭”“台湾正港味”以及“异国美食区”。“鸡肉与肉串区”主打盐酥鸡与鸡排，再加上一些烤肉串。“海鲜区”有椒盐虾、虾卷、鱼蛋、花枝丸与油炸大鱿鱼等。“蔬菜区”专卖杏鲍菇、玉米、黄瓜、莲藕、芦笋、花椰菜、四季豆与金针菇等。“台式盖饭”提供鸡排饭或者鱿鱼饭给饥肠辘辘的顾客。“台湾正港味”专卖甜不辣、台湾一口香肠、米血糕、豆腐、豆干与萝卜糕等。最后一项“异国美食区”有美式热狗堡、日式可乐饼以及干酪条。

黄绍龙强调，布鲁克林第八大道租金相对便宜，加上是纽约华人俗称的纽约第三中国城，历史虽然比不上曼哈顿华埠悠久，整体规模也不若皇后区法拉盛多元，不过这个区未来潜力无穷，没有太多台湾食物或餐馆进驻，所以选择在这里开店。他计划在曼哈顿东村及法拉盛开店，让纽约三大地区都能闻到台湾盐酥鸡的香味。

1990 年代初期来到纽约时，黄绍龙还是个中学生，从昔到今，他见证了纽约华人移民的变化。法拉盛从 20 世纪的小台北变成今天中国移民的大本营，过去在缅街与罗斯福大道附近的四十路虽然只有一小段路，但从街头往街角看过去，一条小巷有录影带店、台式日本料理、台式面包店、马来西亚餐厅（目前还在营业）等各类餐馆。

黄绍龙记得，在大陆移民大量来到法拉盛之前，当时住在那里的移民相对单纯，以台湾人居多，其次有广东台山人、香港人，还有不少从台湾辗转到纽约的上海人。大约从 1995 年开始，来自其他地区的华人移民增加，不少居住在法拉盛的台湾移民就搬到长岛或新泽西，最后法拉盛成为融合中国各地文化的移民据点。

而他后来开店的布鲁克林第八大道则是由福州移民开创的。福州移民从 1990 年代之后陆续到纽约，一开始据点是

布鲁克林第八大道的“去啃”盐酥鸡专卖店。

“去啃”琳琅满目的餐点橱窗和招牌的“脆皮盐酥鸡”。

曼哈顿的东百老汇（East Broadway）一带，当时华埠以广东移民为主，周边有台湾、福州与越南移民，其中福州人势力最大，甚至成立著名帮派“福清帮”。当时福州移民多以偷渡来美，1993 年 6 月 6 日，还发生载着偷渡客的“金色冒险号”（Golden Venture）在纽约市皇后区外海搁浅，因偷渡接应发生问题，不少人跳船自行游泳上岸，造成十几人溺亡的不幸事件。

目前福州移民大多循正当途径来美寻求他们的“美国梦”，而在纽约的福州人大多以“家庭模式”寻求生存并拓展事业，兄弟姊妹与亲戚均是生活上与事业上的好帮手。为了追求更好的生活环境，不少福州移民借钱来到纽约讨生活，一个人最低费用至少是四万到六万美金，来到美国后为了偿还这笔金钱，福州人必须勤奋工作才能偿还债务，并努力累积自己的第一桶金。除了尽速偿还积欠的“赴美费用”，福州移民之间有一个未成文的约定：如果要向朋友或家乡亲戚证明在美事业成功，那么最好在纽约或者其他州拥有自己的一个餐馆或者生意店面。这些大陆新移民工作认真，不少人曾到台湾人经营的餐馆工作，经过十来年的学习，许多原本在餐馆“打工”的移民外出自行开业，例如寿司师父就开寿司店，铁板烧师父开铁板烧餐馆，也有不少人投入中式餐馆的经营，这时候有一句莞尔却传神的话流传在纽约华人社团中：美国领土近十年来已经多“两州”，那就是“温州”与“福州”！

随着大陆各地移民来到纽约并前仆后继投入餐饮业，不论在曼哈顿或者皇后区的华人社区，经营中餐厅变得竞争大了许多，而且新的台湾移民愿意投入餐饮业也变少了。然而，林庆甫创立的 Coco 茶饮以及黄绍龙成立的 ViVi 茶饮告诉我们，台湾移民并未完全从餐饮业退场，只不过以更精致且多元的面貌重新出现在餐饮市场。两家茶饮老板对东方的“茶文化”下了相当深的功夫，并搭配亚洲的面包餐点与台湾式的盐酥鸡，在纽约的餐饮业占有一席之地。他们已经摆脱过去华人擅长却为人诟病的“削价”经营模式，改以嘉惠社区且高质量的方式吸引各地纽约客，成功地把台湾茶饮与餐点文化输出到海外。

小结：为什么要写纽约台湾人经营餐馆？

我在纽约生活打拼多年，头几年一方面要应付纽约大学博士班的繁重课业，另一方面也着迷曼哈顿的时尚多元，一直没有足够机会认识美东最大的华人中国城法拉盛，只能利用周末空档坐上华人经营的“金马电召车”到法拉盛办理杂事并补充下一周的菜色，最重要的是买完菜后到附近餐馆外带便宜的三菜一汤回家与太太好好吃上一餐，并相互鼓励准备下一周严峻的博士班课程。

几年后我考完博士班资格考试，课业压力减轻了许多，偶然间向我们社区艾斯托利亚（Astoria）的纽约台湾基督教会（Taiwan Union Christian Church）的牧师买了一辆二手车，空暇之余经常征战皇后区大小网球场，打完网球后直奔法拉盛的餐馆大快朵颐！随着造访次数增多，我开始搜集光顾过的各式餐馆的菜单，也对当地餐馆的历史与文化产生高度兴趣，希望从中了解法拉盛的发展历史。经过几年的走访调查与口述访问，我认识了不少早期从台湾移民纽约的长辈乡亲，他们曾经胼手胝足在纽约开启餐馆，有的在曼哈顿，有的在皇后区法拉盛，不约而同地把台湾与东方的食物味道带入这颗大苹果，让我们这些后来的留学生处处有机会饱尝台湾故乡食物的滋味。

早期纽约文坛前辈作家刘大任与张北海，或者晚近在网络电子媒体写纽约多元文化的作家庄士杰（Abraham Chuang)，先后写出纽约这座城市伟大与多元的精神，不过我总觉得好像还有哪些故事被遗漏似的，原来是这些故事不在高堂庙宇内，也不在档案文本中，它们曾经活生生地出现在纽约的街头巷尾，是不少台湾移民来到纽约后发生的真人真事，因为这些故事曲折离奇，但也动人有趣，觉得真不应该随着历史逝去。本着这样的念头，我决定把这些台湾移民的餐饮故事写出来，一方面对自己负责，另一方面也对这些前辈以及朋友致敬。

碍于各方面能力有限，我无法全面且地毯式地写出台湾所有移民纽约的餐饮故事，只能从中选择几个甚具代表性的文章。第一篇“历史学家进厨房”，两位台湾前辈李正三与郭正昭前后来到美国求学，学养知识过人，假以时日绝对能成为著名史家，他们从纽约中城帝国大厦“元禄寿司”出发，再分别往新泽西及纽约上州发展，成为纽约日本料理的推手。我的专业也是历史学，因此看到两位前辈弃文从商，又展现大胆无惧的创业精神，不免感到人生际遇确实难测。第二篇所提到的纽约蜀湘园集团，创业时间与“元禄寿司”约略同时，只不过地点是曼哈顿上西区靠近哥伦比亚大学。原本只是几个台湾留学生与留学生家庭成员随口说说的事情，竟然点石成金地将梦想化作美丽的事实。从第一家蜀湘园到巅峰时期的第九家蜀湘园连锁店，萧忠正夫妇、张亚凤以及几位来自大陈岛的大厨，同心协力在曼哈顿不同角落烧出味道香浓的川扬菜。1980 年代在纽约要吃中菜，除了华埠老广的广东饮茶与叉烧饭，它绝对是最佳选择，尽管蜀湘园集团已经解散，但这段辉煌历史仍值得骄傲。

第三篇文章介绍了吕明森的“红叶餐厅”。我忘记初识吕明森是哪一个活动前往法拉盛的“台湾会馆”，但第一次见到他雄赳赳气昂昂地站在舞台上吹着萨克斯风，那优美动人的旋律至今还烙印在我脑海中。吕明森的台菜“红叶餐厅”，不论是装潢、气派或者食材，绝对是纽约亚洲餐馆中的佼佼者。红叶经营的时间虽然不长，但是那优雅大方的日式风格，现场驻唱的乐团与歌舞表演，以及台湾大厨亲自烹饪的家乡风味，我想今天纽约老一辈光临过的乡亲没有人敢否认吧！最后一篇故事背景来到今天的纽约，CoCo 老板林庆甫从纽约大学商学院毕业后与台湾的 CoCo 冷饮公司合作，不过几年光景，CoCo 已经在纽约闯出名号。林庆甫还跨行面包餐点及煎饺专卖店。另一位珍珠奶茶老板黄绍龙则是战后从浙江撤退的大陈岛第二代，从小耳濡目染，对餐饮观察相当敏锐，不但创办了 ViVi 珍珠奶茶，还有盐酥鸡专卖店“去啃”。这两位年轻老板都有目标并认真进取，总是战战兢兢地面对各种挑战，也带给我们代表台湾移民在纽约创业的新故事。

到纽约大学攻读博士之前，我曾阅读过不少台湾移民赴美奋斗打拼的书籍，尽管感佩他们的艰辛，但总觉得他们的故事离我太遥远。经过十年的异乡生活，我才知道这些移民在异乡创业之不易。这四篇故事代表台湾移民在不同时期远赴纽约努力在餐饮业拼得一席之地的历史，他们的精彩故事可能只是纽约移民文化的一小部分，却是连接起台湾与世界饮食文化沟通的重要桥梁。

后记　从深夜食堂小队到《乡愁的滋味》

谢金鱼

2014年，当故事网站开站不久，我们邀请了胡川安来刊登他的第一篇文章《铁板烧的小历史》，接着是《日式猪排饭的小历史》。

在草创之初，所有的伙伴都需要协助编务，我也经手了几篇，至今还记得当时在深夜食堂里一边编着文章，一边想着美食的情景，因此，我们将这些与饮食相关的文章排在晚上十点刊登，好让读者也体验编辑的怨念。而后，又加入其他几位朋友，壮大故事的饮食史阵容。这些被我们昵称为“深夜食堂小队”的文章，宛如夜里的小灯笼，亮着一盏盏人情的温暖，这就是《乡愁的滋味》的起源。

※※※

《乡愁的滋味》是三位青年历史学者跨出学术圈，从自身经验出发回溯历史的结晶，川安、郭婷与忠豪长年旅居欧美，也在异乡完成了人生中的种种大事，在他们笔下，既能感受到移民们“日久他乡即故乡”的心绪，也能读到回望吾乡的款款深情。

从2015年启动《乡愁的滋味》的出版计划开始，我一直代表故事网站作为策划协力的角色来协助，这是我们首次以合辑的方式成书，也是我们意图将网络内容更进一步优化的一大步。

就我看来，现在的网络上并不缺乏好的知识内容，但网络与实体出版仍有极大的鸿沟，直接将网络内容合并的做法并非长久之道。而一个作者的培育跟累积需要时间，过早、过快地负担起一整本书的写作工作，对作者未必是一件好事。通过《乡愁的滋味》的出版计划，在十八个月来，我看着三位作者互相讨论、互相鼓励，确实是一件美事，在讨论的过程中，各述所学所见，从而迸发出更多火花，我想这样的模式对于作者而言，可能是一条负担比较轻，也能走得更长的路。

然而，《乡愁的滋味》并非一本一以贯之的书，它寄托了三个作者的生命经验，也寄托了三座城市的历史记忆，如三颗明珠，各自闪耀于亚洲与美洲之上。如何串连起这三座城市，对于编辑而言，是很大的挑战。我们很荣幸能与联经的主编梅心怡小姐合作，她以历史学的素养，细心地保留了三种截然不同的写作风格，通过编排与设计，让这本书可以带给读者丰富而多层次的阅读经验。

台湾是个钟情于“食”的地方，对于饮食背后的意义与文化，却还需要更多的理解与认识，而非行销宣传“被制造”的故事，这本书只是一个开始，我们希望可以由此串联起更多的作者与更多的故事，让饮食不只满足味蕾，也丰富心灵。

图书在版编目（CIP）数据

乡愁的滋味 / 胡川安，郭婷，郭忠豪著 . —
北京：商务印书馆，2021
ISBN 978－7－100－19505－8

Ⅰ . ①乡… Ⅱ . ①胡…②郭…③郭… Ⅲ . ①散文集—中国—当代 Ⅳ . ① I267

中国版本图书馆 CIP 数据核字（2021）第 030298 号

乡愁的滋味

胡川安 郭婷 郭忠豪 著

商 务 印 书 馆 出 版
（北京王府井大街36号 邮政编码100710）
商 务 印 书 馆 发 行
北京中科印刷有限公司印刷
ISBN 978－7－100－19505－8

2021 年 6 月第 1 版　　开本 889×1250 1/32
2021 年 6 月北京第 1 次印刷　　印张 8 1/4

定价：58.00 元